Collection folio junior

*dirigée par
Jean-Olivier Héron
et Pierre Marchand*

J.-M. G. Le Clézio est né à Nice le 13 avril 1940, d'un père anglais et d'une mère française.

Il fait des études de lettres puis travaille dans les deux universités anglaises de Bristol et de Londres.

À vingt-trois ans, il écrit son premier roman *Le Procès-Verbal* qui obtient le prix Renaudot. Suite à cette reconnaissance qui lui vaut une renommée littéraire nationale, d'autres livres paraîtront comme *Le Déluge* (1966), *Terra amata* (1967), *La Guerre* (1970), traduisant tous le même sentiment d'angoisse face au monde moderne.

Il accomplit son service militaire en Thaïlande, en qualité de coopérant, et voyage au Mexique où il demeure quelque temps auprès des Indiens. Cette expérience impressionne fortement son œuvre et modifiera sa vision du monde. Il cherche désormais à conter la vie « des derniers hommes libres ».

Il est reconnu comme un des écrivains les plus importants de sa génération.

Auteur de la couverture et des illustrations de Celui qui n'avait jamais vu la mer et La Montagne du dieu vivant, **Georges Lemoine** dessine, illustre des livres destinés aux enfants. Pour Folio Junior : *La Maison qui s'envole*, de Claude Roy, *L'Anniversaire de l'infante*, de Oscar Wilde, *L'Algérie ou la Mort des autres*, de Virginie Buisson ; dans d'autres collections des textes d'Andersen, Henri Bosco, Marguerite Yourcenar, Michel Tournier.

Au sujet des illustrations de ce livre il dit : « Je suis allé marcher sur le sable et les rochers d'une plage du nord, dans le Pas-de-Calais. Le livre à la main, entre les mots écrits et le vent froid, j'ai cherché Daniel. Je l'ai trouvé, photographié, dessiné. De mots simples et précis naît le mystère. Le Clézio parle de la lumière, du sable, des ourlets blancs des vagues ; l'illustrateur alors regarde ce monde recréé et cherche à donner aux choses qu'il dessine l'éclat, la force du réel. »

ISBN 2-07-051394-7
Loi n° 49-956 du 16 juillet 1949
sur les publications destinées à la jeunesse

© Editions Gallimard, 1978, pour le texte
© Editions Gallimard, 1982, pour les illustrations
© Editions Gallimard, 1988, pour le supplément
© Editions Gallimard Jeunesse, 1997, pour la présente édition
Dépôt légal : juin 1997
1er dépôt légal dans la même collection : mai 1988
N° d'édition : 82074 - N° d'impression : 77165
Imprimé en France sur les presses de l'imprimerie Hérissey

J. M. G. Le Clézio

Celui qui n'avait jamais vu la mer
suivi de
La montagne du dieu vivant

Illustrations de Georges Lemoine

Gallimard

Celui qui n'avait jamais vu la mer

Il s'appelait Daniel, mais il aurait bien aimé s'appeler Sindbad, parce qu'il avait lu ses aventures dans un gros livre relié en rouge qu'il portait toujours avec lui, en classe et dans le dortoir. En fait, je crois qu'il n'avait jamais lu que ce livre-là. Il n'en parlait pas, sauf quelquefois quand on lui demandait. Alors ses yeux noirs brillaient plus fort, et son visage en lame de couteau semblait s'animer tout à coup. Mais c'était un garçon qui ne parlait pas beaucoup. Il ne se mêlait pas aux conversations des autres, sauf quand il était question de la mer, ou de voyages. La plupart des hommes sont des terriens, c'est comme cela. Ils sont nés sur la terre, et c'est la terre et les choses de la terre qui les intéressent. Même les marins sont souvent des gens de la terre ; ils aiment les maisons et les femmes, ils parlent de politique et de voitures. Mais lui, Daniel, c'était comme s'il était d'une autre race. Les choses de la terre l'ennuyaient, les magasins, les voitures, la musique, les films et naturellement les cours du lycée. Il ne disait rien, il ne bâillait même pas pour montrer son ennui. Mais il restait sur place, assis sur un banc, ou bien sur les marches de l'escalier, devant le préau, à regarder dans le vide. C'était un élève médiocre, qui réunissait chaque trimestre juste ce qu'il fallait de points pour subsister. Quand un professeur prononçait son nom, il se levait et récitait sa leçon, puis il se rasseyait et c'était fini. C'était comme s'il dormait les yeux ouverts.

Même quand on parlait de la mer, ça ne l'intéressait pas longtemps. Il écoutait un moment, il demandait deux ou trois choses, puis il s'apercevait que ce n'était pas vraiment de la mer qu'on parlait, mais des bains, de la pêche sous-marine, des plages et des coups de soleil. Alors il s'en allait, il retournait s'asseoir sur son banc ou sur ses marches d'escalier, à regarder dans le vide. Ce n'était pas de cette mer-là qu'il voulait entendre parler. C'était d'une autre mer, on ne savait pas laquelle, mais d'une autre mer.

Ça, c'était avant qu'il disparaisse, avant qu'il s'en aille. Personne n'aurait imaginé qu'il partirait un jour, je veux dire *vraiment*, sans revenir. Il était très pauvre, son père avait une petite exploitation agricole à quelques kilomètres de la ville, et Daniel était habillé du tablier gris des pensionnaires, parce que sa famille habitait trop loin pour qu'il puisse rentrer chez lui chaque soir. Il avait trois ou quatre frères plus âgés qu'on ne connaissait pas.

Il n'avait pas d'amis, il ne connaissait personne et personne ne le connaissait. Peut-être qu'il préférait que ce soit ainsi, pour ne pas être lié. Il avait un drôle de visage aigu en lame de couteau, et de beaux yeux noirs indifférents.

11

Il n'avait rien dit à personne. Mais il avait déjà tout préparé à ce moment-là, c'est certain. Il avait tout préparé dans sa tête, en se souvenant des routes et des cartes, et des noms des villes qu'il allait traverser. Peut-être qu'il avait rêvé à beaucoup de choses, jour après jour, et chaque nuit, couché dans son lit dans le dortoir, pendant que les autres plaisantaient et fumaient des cigarettes en cachette. Il avait pensé aux rivières qui descendent doucement vers leurs estuaires, aux cris des mouettes, au vent, aux orages qui sifflent dans les mâts des bateaux et aux sirènes des balises.

C'est au début de l'hiver qu'il est parti, vers le milieu du mois de novembre. Quand les pensionnaires se sont réveillés, dans le grand dortoir gris, il avait disparu. On s'en est aperçu tout de suite, dès qu'on a ouvert les yeux, parce que son lit n'était pas défait. Les couvertures étaient tirées avec soin, et tout était en ordre. Alors on a dit seulement : « Tiens ! Daniel est parti ! » sans être vraiment étonnés parce qu'on savait tout de même un peu que cela arriverait. Mais personne n'a rien dit d'autre, parce qu'on ne voulait pas qu'ils le reprennent.

Même les plus bavards des élèves du cours moyen n'ont rien dit. De toute façon, qu'est-ce qu'on aurait pu dire ? On ne savait rien. Pendant longtemps, on chuchotait, dans la cour, ou bien pendant le cours de français, mais ce n'étaient que des bouts de phrase dont le sens n'était connu que de nous.

« Tu crois qu'il est arrivé maintenant ?

— Tu crois ? Pas encore, c'est loin, tu sais...

— Demain ?

— Oui, peut-être... »

Les plus audacieux disaient :

« Peut-être qu'il est en Amérique, déjà... »

Et les pessimistes :

« Bah, peut-être qu'il va revenir aujourd'hui. »

Mais si nous, nous nous taisions, par contre en haut lieu l'affaire faisait du bruit. Les professeurs et les surveillants étaient convoqués régulièrement dans le bureau du proviseur, et même à la police. De temps en temps les inspecteurs venaient et ils interrogeaient les élèves un à un pour essayer de leur tirer les vers du nez.

Naturellement, nous, nous parlions de tout sauf de ce qu'on savait, d'elle, de la mer. On parlait de montagnes, de villes, de filles, de trésors, même de romanichels enleveurs d'enfants et de légion étrangère. On disait ça pour brouiller les pistes, et les professeurs et les surveillants étaient de plus en plus énervés et ça les rendait méchants.

Le grand bruit a duré plusieurs semaines, plusieurs mois. Il y a eu deux ou trois avis de recherche dans les journaux, avec le signalement de Daniel et une photo qui ne lui ressemblait pas. Puis tout s'est calmé d'un seul coup, car nous étions tous un peu fatigués de cette histoire. Peut-être qu'on avait tous compris qu'il ne reviendrait pas, jamais.

Les parents de Daniel se sont consolés, parce qu'ils étaient très pauvres et qu'il n'y avait rien d'autre à faire. Les policiers ont classé l'affaire,

13

c'est ce qu'ils ont dit eux-mêmes, et ils ont ajouté quelque chose que les professeurs et les surveillants ont répété, comme si c'était normal, et qui nous a paru, à nous autres, bien extraordinaire. Ils ont dit qu'il y avait comme cela, chaque année, des dizaines de milliers de personnes qui disparaissaient sans laisser de traces, et qu'on ne retrouvait jamais. Les professeurs et les surveillants répétaient cette petite phrase, en haussant les épaules, comme si c'était la chose la plus banale du monde, mais nous, quand on l'a entendue, cela nous a fait rêver, cela a commencé au fond de nous-mêmes un rêve secret et envoûtant qui n'est pas encore terminé.

Quand Daniel est arrivé, c'était sûrement la nuit, à bord d'un long train de marchandises qui avait roulé jour et nuit pendant longtemps. Les trains de marchandises circulent surtout la nuit, parce qu'ils sont très longs et qu'ils vont très lentement, d'un nœud ferroviaire à l'autre. Daniel était couché sur le plancher dur, enroulé dans un vieux morceau de toile à sac. Il regardait à travers la porte à claire-voie, tandis que le train ralentissait et s'arrêtait en grinçant le long des docks. Daniel avait ouvert la porte, il avait sauté sur la voie, et il avait couru le long du talus, jusqu'à ce qu'il trouve un passage. Il n'avait pas de bagages, juste un sac de plage bleu marine qu'il portait toujours avec lui, et dans lequel il avait mis son vieux livre rouge.

Maintenant, il était libre, et il avait froid. Ses jambes lui faisaient mal, après toutes ces heures passées dans le wagon. Il faisait nuit, il pleuvait.

Daniel marchait le plus vite qu'il pouvait pour s'éloigner de la ville. Il ne savait pas où il allait. Il marchait droit devant lui, entre les murs des hangars, sur la route qui brillait à la lumière jaune des réverbères. Il n'y avait personne ici, et pas de noms écrits sur les murs. Mais la mer n'était pas loin. Daniel la devinait quelque part sur la droite, cachée par les grandes bâtisses de ciment, de l'autre côté des murs. Elle était dans la nuit.

Au bout d'un moment, Daniel se sentit fatigué de marcher. Il était arrivé dans la campagne, maintenant, et la ville brillait loin derrière lui. La nuit était noire, et la terre et la mer étaient invisibles. Daniel chercha un endroit pour s'abriter de la pluie et du vent, et il entra dans une cabane de planches, au bord de la route. C'est là qu'il s'est installé pour dormir jusqu'au matin. Cela faisait plusieurs jours qu'il n'avait pas dormi, et pour ainsi dire pas mangé, parce qu'il guettait tout le temps à travers la porte du wagon. Il savait qu'il ne devait pas rencontrer de policiers. Alors il s'est caché bien au fond de la cabane de planches, il a grignoté un peu de pain et il s'est endormi.

Quand il se réveilla, le soleil était déjà dans le ciel. Daniel est sorti de la cabane, il a fait quelques pas en clignant les yeux. Il y avait un chemin qui conduisait jusqu'aux dunes, et c'est là que Daniel se mit à marcher. Son cœur battait plus fort, parce qu'il savait que c'était de l'autre côté des dunes, à deux cents mètres à peine. Il courait sur le chemin, il escaladait la pente de sable, et le vent soufflait de plus en plus fort, apportant le bruit et l'odeur inconnus. Puis, il est arrivé au sommet de la dune, et d'un seul coup, il l'a vue.

Elle était là, partout, devant lui, immense, gonflée comme la pente d'une montagne, brillant de sa couleur bleue, profonde, toute proche, avec ses vagues hautes qui avançaient vers lui.

« La mer ! La mer ! » pensait Daniel, mais il n'osa rien dire à voix haute. Il restait sans pouvoir bouger, les doigts un peu écartés, et il n'arrivait pas à réaliser qu'il avait dormi à côté d'elle. Il entendait le bruit lent des vagues qui se mouvaient sur la plage. Il n'y avait plus de vent, tout à coup, et le soleil luisait sur la mer, allumait un feu sur chaque crête de vague. Le sable de la plage était couleur de cendres, lisse, traversé de ruisseaux et couvert de larges flaques qui reflétaient le ciel.

Au fond de lui-même, Daniel a répété le beau nom plusieurs fois, comme cela,

« La mer, la mer, la mer... »
la tête pleine de bruit et de vertige. Il avait envie de parler, de crier même, mais sa gorge ne laissait pas passer sa voix. Alors il fallait qu'il parte en criant, en jetant très loin son sac bleu qui roula dans le sable, il fallait qu'il parte en agitant ses bras et ses jambes comme quelqu'un qui traverse une auto-route. Il bondissait par-dessus les bandes de varech, il titubait dans le sable sec du haut de la plage. Il ôtait ses chaussures et ses chaussettes, et pieds nus, il courait encore plus vite, sans sentir les épines des chardons.

La mer était loin, à l'autre bout de la plaine de sable. Elle brillait dans la lumière, elle changeait de

couleur et d'aspect, étendue bleue, puis grise, verte, presque noire, bancs de sable ocre, ourlets blancs des vagues. Daniel ne savait pas qu'elle était si loin. Il continuait à courir, les bras serrés contre son corps, le cœur cognant de toutes ses forces dans sa poitrine. Maintenant il sentait le sable dur comme l'asphalte, humide et froid sous ses pieds. A mesure qu'il s'approchait, le bruit des vagues grandissait, emplissait tout comme un sifflement de vapeur. C'était un bruit très doux et très lent, puis violent et inquiétant comme les trains sur les ponts de fer, ou bien qui fuyait en arrière comme l'eau des fleuves. Mais Daniel n'avait pas peur. Il continuait à courir le plus vite qu'il pouvait, droit dans l'air froid, sans regarder ailleurs. Quand il ne fut plus qu'à quelques mètres de la frange d'écume, il sentit l'odeur des profondeurs et il s'arrêta. Un point de côté brûlait son aine, et l'odeur puissante de l'eau salée l'empêchait de reprendre son souffle.

Il s'assit sur le sable mouillé, et il regarda la mer monter devant lui presque jusqu'au centre du ciel. Il avait tellement pensé à cet instant-là, il avait tellement imaginé le jour où il la verrait enfin, réellement, pas comme sur les photos ou comme au cinéma, mais vraiment, la mer tout entière, exposée autour de lui, gonflée, avec les gros dos des vagues qui se précipitent et déferlent, les nuages d'écume, les pluies d'embrun en poussière dans la lumière du soleil, et surtout, au loin, cet horizon courbe comme un mur devant le ciel ! Il avait tellement désiré cet instant-là qu'il n'avait plus de forces, comme s'il allait mourir, ou bien s'endormir.

C'était bien la mer, sa mer, pour lui seul maintenant, et il savait qu'il ne pourrait plus jamais s'en aller. Daniel resta longtemps couché sur le sable dur, il attendit si longtemps, étendu sur le côté, que la mer commença à monter le long de la pente et vint toucher ses pieds nus.

C'était la marée. Daniel bondit sur ses pieds, tous ses muscles tendus pour la fuite. Au loin, sur les brisants noirs, les vagues déferlèrent avec un bruit de tonnerre. Mais l'eau n'avait pas encore de forces. Elle se brisait, bouillonnait au bas de la plage, elle n'arrivait qu'en rampant. L'écume légère entourait les jambes de Daniel, creusait des puits autour de ses talons. L'eau froide mordit d'abord ses orteils et ses chevilles, puis les insensibilisa.

En même temps que la marée, le vent arriva. Il souffla du fond de l'horizon, il y eut des nuages dans le ciel. Mais c'étaient des nuages inconnus, pareils à l'écume de la mer, et le sel voyageait dans le vent comme des grains de sable. Daniel ne pensait plus à fuir. Il se mit à marcher le long de la mer dans la frange de l'écume. A chaque vague, il sentait le sable filer entre ses orteils écartés, puis revenir. L'horizon, au loin, se gonflait et s'abaissait comme une respiration, lançait ses poussées vers la terre.

Daniel avait soif. Dans le creux de sa main, il prit un peu d'eau et d'écume et il but une gorgée. Le sel brûla sa bouche et sa langue, mais Daniel continua à boire, parce qu'il aimait le goût de la mer. Il y avait si longtemps qu'il pensait à toute cette eau, libre, sans frontières, toute cette eau qu'on pouvait boire pendant toute sa vie ! Sur le rivage, la dernière marée avait rejeté des morceaux de bois et des racines pareils à de grands ossements. Maintenant l'eau les reprenait lentement, les déposait un peu plus haut, les mélangeait aux grandes algues noires.

Daniel marchait au bord de l'eau, et il regardait tout avidement, comme s'il voulait savoir en un instant tout ce que la mer pouvait lui montrer. Il prenait dans ses mains les algues visqueuses, les morceaux de coquilles, il creusait dans la vase le long des galeries des vers, il cherchait partout, en marchant, ou bien à quatre pattes dans le sable mouillé. Le soleil était dur et fort dans le ciel, et la mer grondait sans arrêt.

De temps en temps, Daniel s'arrêtait, face à l'horizon, et il regardait les hautes vagues qui cherchaient à passer par-dessus les brisants. Il respirait de toutes ses forces, pour sentir le souffle, et c'était comme si la mer et l'horizon gonflaient ses poumons, son ventre, sa tête, et qu'il devenait une sorte de géant. Il regardait l'eau sombre, au loin, là où il n'y avait pas de terre ni d'écume mais seulement le ciel libre, et c'était à elle qu'il parlait, à voix basse, comme si elle avait pu l'entendre ; il disait :

« Viens ! Monte jusqu'ici, arrive ! Viens !

« Tu es belle, tu vas venir et tu vas recouvrir toute la terre, toutes les villes, tu vas monter jusqu'en haut des montagnes !

« Viens, avec tes vagues, monte, monte ! Par ici, par ici ! »

Puis il reculait, pas à pas, vers le haut de la plage.

Il apprit comme cela le cheminement de l'eau qui monte, qui se gonfle, qui se répand comme des mains le long des petites vallées de sable. Les crabes gris couraient devant lui, leurs pinces levées, légers comme des insectes. L'eau blanche emplissait les trous mystérieux, noyait les galeries secrètes. Elle montait, un peu plus haut à chaque vague, elle élargissait ses nappes mouvantes. Daniel dansait devant elle, comme les crabes gris, il courait un peu de travers en levant les bras et l'eau venait mordre ses talons. Puis il redescendait, il creusait des tranchées dans le sable pour qu'elle monte plus vite, et il chantonnait ses paroles pour l'aider à venir :

« Allez, monte, allez, vagues, montez plus haut, venez plus haut, allez ! »

Il était dans l'eau jusqu'à la ceinture, maintenant, mais il ne sentait pas le froid, il n'avait pas peur. Ses habits trempés collaient à sa peau, ses cheveux tombaient devant ses yeux comme des algues. La mer bouillonnait autour de lui, se retirait avec tant de puissance qu'il devait s'agripper au sable pour ne pas tomber à la renverse, puis s'élançait à nouveau et le poussait vers le haut de la plage.

Les algues mortes fouettaient ses jambes, s'enlaçaient à ses chevilles. Daniel les arrachait comme des serpents, les jetait dans la mer en criant :

« Arrh ! Arrh ! »

Il ne regardait pas le soleil, ni le ciel. Il ne voyait même plus la bande lointaine de la terre, ni les silhouettes des arbres. Il n'y avait personne ici, personne d'autre que la mer, et Daniel était libre.

Tout à coup, la mer se mit à monter plus vite. Elle s'était gonflée au-dessus des brisants, et maintenant les vagues arrivaient du large, sans rien qui les retienne. Elles étaient hautes et larges, un peu de biais, avec leur crête qui fumait et leur ventre bleu sombre qui se creusait sous elles, bordé d'écume. Elles arrivèrent si vite que Daniel n'eut pas le temps de se mettre à l'abri. Il tourna le dos pour fuir, et la vague le toucha aux épaules, passa par-dessus sa tête. Instinctivement, Daniel accrocha ses ongles au sable et cessa de respirer. L'eau tomba sur lui avec un bruit de tonnerre, tourbillonnant, pénétrant ses yeux, ses oreilles, sa bouche, ses narines.

Daniel rampa vers le sable sec, en faisant de grands efforts. Il était si étourdi qu'il resta un moment couché à plat ventre dans la frange d'écume, sans pouvoir bouger. Mais les autres vagues arrivaient, en grondant. Elles levaient encore plus haut leurs crêtes et leurs ventres se creusaient comme des grottes. Alors Daniel courut vers le haut de la plage, et il s'assit dans le sable des dunes, de l'autre côté de la barrière de varech. Pendant le reste de la journée, il ne s'approcha plus de la mer. Mais son corps tremblait encore, et il avait sur toute sa peau, et même à l'intérieur, le goût brûlant du sel, et au fond de ses yeux la tache éblouie des vagues.

23

A l'autre bout de la baie il y avait un cap noir, creusé de grottes. C'est là que Daniel vécut, les premiers jours, quand il est arrivé devant la mer. Sa grotte, c'était une petite anfractuosité dans les rochers noirs, tapissée de galets et de sable gris. C'est là que Daniel vécut, pendant tous ces jours, pour ainsi dire sans jamais quitter la mer des yeux.

Quand la lumière du soleil apparaissait, très pâle et grise, et que l'horizon était à peine visible comme un fil dans les couleurs mêlées du ciel et de la mer, Daniel se levait et il sortait de la grotte. Il grimpait en haut des rochers noirs pour boire l'eau de pluie dans les flaques. Les grands oiseaux de mer venaient là aussi, ils volaient autour de lui en poussant leurs longs cris grinçants, et Daniel les saluait en sifflant. Le matin, quand la mer était basse, les fonds mystérieux étaient découverts. Il y avait de grandes mares d'eau sombre, des torrents qui cascadaient entre les pierres, des chemins glissants, des collines d'algues vivantes. Alors Daniel quittait le cap et il descendait le long des rochers jusqu'au centre de la plaine découverte par la mer. C'était comme s'il arrivait au centre même de la mer, dans un pays étrange, qui n'existait que quelques heures.

Il fallait se dépêcher. La frange noire des brisants était toute proche, et Daniel entendait les vagues gronder à voix basse, et les courants profonds qui murmuraient. Ici, le soleil ne brillait pas longtemps. La mer reviendrait bientôt les couvrir de son ombre, et la lumière se réverbérait sur eux avec violence, sans parvenir à les réchauffer. La mer montrait quelques secrets, mais il fallait les apprendre vite, avant qu'ils ne disparaissent. Daniel courait sur les rochers du fond de la mer, entre les forêts des algues. L'odeur puissante montait des mares et des vallées noires, l'odeur que les hommes ne connaissent pas et qui les enivre.

Dans les grandes flaques, tout près de la mer, Daniel cherchait les poissons, les crevettes, les coquillages. Il plongeait ses bras dans l'eau, entre les touffes d'algues, et il attendait que les crustacés viennent chatouiller le bout de ses doigts : alors il les attrapait. Dans les flaques, les anémones de mer, violettes, grises, rouge sang, ouvraient et fermaient leurs corolles.

Sur les rochers plats vivaient les patelles blanches et bleues, les nasses orange, les mitres, les arches, les tellines. Dans les creux des mares, quelquefois, la lumière brillait sur le dos large des tonnes, ou sur la nacre couleur d'opale d'une natice. Ou bien, soudain, entre les feuilles d'algues apparaissait la coquille vide irisée comme un nuage d'un vieil ormeau, la lame d'un couteau, la forme parfaite d'une coquille Saint-Jacques. Daniel les regardait, longtemps, là où elles étaient, à travers la vitre de l'eau, et c'était comme s'il vivait dans la flaque lui aussi, au fond d'une crevasse minuscule, ébloui par le soleil et attendant la nuit de la mer.

Pour manger, il chassait les patelles. Il fallait s'approcher d'elles sans faire de bruit, pour qu'elles ne se soudent pas à la pierre. Puis les décoller d'un coup de pied, en frappant avec le bout du gros orteil. Mais souvent les patelles entendaient le bruit de ses pas, ou le chuintement de sa respiration, et elles se collaient contre les rochers plats, en faisant une série de claquements. Quand Daniel avait pris suffisamment de crevettes et de coquillages, il déposait sa pêche dans une petite flaque, au creux d'un rocher, pour la faire cuire plus tard dans une boîte de conserve sur un feu de varech. Puis il allait voir plus loin, tout à fait à l'extrémité de la plaine du fond de la mer, là où les vagues déferlaient. Car c'était là que vivait son ami poulpe.

C'était lui que Daniel avait connu tout de suite, le premier jour où il était arrivé devant la mer, avant même de connaître les oiseaux de mer et les anémones. Il était venu jusqu'au bord des vagues qui déferlent en tombant sur elles-mêmes, quand la mer et l'horizon ne bougent plus, ne se gonflent plus, et que les grands courants sombres semblent se retenir avant de bondir. C'était l'endroit le plus secret du monde, sans doute, là où la lumière du jour ne brille que pendant quelques minutes. Daniel avait marché très doucement, en se retenant aux parois des roches glissantes, comme s'il descendait vers le centre de la terre. Il avait vu la grande mare aux eaux lourdes, où bougeaient lentement les algues longues, et il était resté immobile, le visage touchant presque la surface. Alors il avait vu les tentacules du poulpe qui flottaient devant les parois de la mare. Ils sortaient d'une faille, tout près du fond, pareils à de la fumée, et ils glissaient doucement sur les algues. Daniel avait retenu son souffle, regardant les tentacules qui bougeaient à peine, mêlés aux filaments des algues.

Puis le poulpe était sorti. Le long corps cylindrique bougeait avec précaution, ses tentacules ondulant devant lui. Dans la lumière brisée du soleil éphémère, les yeux jaunes du poulpe brillaient comme du métal sous les sourcils proéminents. Le poulpe avait laissé flotter un instant ses longs tentacules aux disques violacés, comme s'il cherchait quelque chose. Puis il avait vu l'ombre de Daniel penchée au-dessus de la mare, et il avait bondi en arrière, en serrant ses tentacules et en lâchant un drôle de nuage gris-bleu.

Maintenant, comme chaque jour, Daniel arrivait au bord de la mare, tout près des vagues. Il se pencha au-dessus de l'eau transparente, et il appela doucement le poulpe. Il s'assit sur le rocher en laissant ses jambes nues plonger dans l'eau, devant la faille où habitait le poulpe, et il attendit, sans bouger. Au bout d'un moment, il sentit les tentacules qui touchaient légèrement sa peau, qui s'enroulaient autour de ses chevilles. Le poulpe le caressait avec précaution, quelquefois entre les orteils et sous la plante des pieds, et Daniel se mettait à rire.

« Bonjour, Wiatt », dit Daniel. Le poulpe s'appelait Wiatt, mais il ne savait pas son nom, bien sûr. Daniel lui parlait à voix basse, pour ne pas l'effrayer. Il lui posait des questions sur ce qui se passe au fond de la mer, sur ce qu'on voit quand on est en dessous des vagues. Wiatt ne répondait pas, mais il continuait à caresser les pieds et les chevilles de Daniel, très doucement, comme avec des cheveux.

Daniel l'aimait bien. Il ne pouvait jamais le voir très longtemps, parce que la mer montait vite. Quand la pêche avait été bonne, Daniel lui apportait un crabe, ou des crevettes, qu'il lâchait dans la mare. Les tentacules gris jaillissaient comme des fouets, saisissaient les proies et les ramenaient vers le rocher. Daniel ne voyait jamais le poulpe manger. Il restait presque toujours caché dans sa faille noire, immobile, avec ses longs tentacules qui flottaient devant lui. Peut-être qu'il était comme Daniel, peut-être qu'il avait voyagé longtemps pour trouver sa maison au fond de la mare, et qu'il regardait le ciel clair à travers l'eau transparente.

Lorsque la mer était tout à fait basse, il y avait comme une illumination. Daniel marchait au milieu des rochers, sur les tapis d'algues, et le soleil commençait à se réverbérer sur l'eau et sur les pierres, allumait des feux pleins de violence. Il n'y avait pas de vent à ce moment-là, pas un souffle. Au-dessus de la plaine du fond de la mer, le ciel bleu était très grand, il brillait d'une lumière exceptionnelle. Daniel sentait la chaleur sur sa tête et sur ses épaules, il fermait les yeux pour ne pas être aveuglé par le miroitement terrible. Il n'y avait rien d'autre alors, rien d'autre : le ciel, le soleil, le sel qui commençaient à danser sur les rochers.

Un jour où la mer était descendue si loin qu'on ne voyait plus qu'un mince liséré bleu, vers l'horizon, Daniel se mit en route à travers les rochers du fond de la mer. Il sentit tout à coup l'ivresse de ceux qui sont entrés sur une terre vierge, et qui savent qu'ils ne pourront peut-être pas revenir. Il n'y avait plus rien de semblable, ce jour-là ; tout était inconnu, nouveau. Daniel se retourna et il vit la terre ferme loin derrière lui, pareille à un lac de

boue. Il sentit aussi la solitude, le silence des rochers nus usés par l'eau de la mer, l'inquiétude qui sortait de toutes les fissures, de tous les puits secrets, et il se mit à marcher plus vite, puis à courir. Son cœur battait fort dans sa poitrine, comme le premier jour où il était arrivé devant la mer. Daniel courait sans reprendre haleine, bondissait par-dessus les mares et les vallées d'algues, suivait les arêtes rocheuses en écartant les bras pour garder son équilibre.

Il y avait parfois de larges dalles gluantes, couvertes d'algues microscopiques, ou bien des rocs aigus comme des lames, d'étranges pierres qui ressemblaient à des peaux de squale. Partout, les flaques d'eau étincelaient, frissonnaient. Les coquillages incrustés dans les roches crépitaient au soleil, les rouleaux d'algues faisaient un drôle de bruit de vapeur.

Daniel courait sans savoir où il allait, au milieu de la plaine du fond de la mer, sans s'arrêter pour voir la limite des vagues. La mer avait disparu maintenant, elle s'était retirée jusqu'à l'horizon comme si elle avait coulé par un trou qui communiquait avec le centre de la terre.

Daniel n'avait pas peur, mais c'était comme s'il n'était plus tout à fait lui-même. Il n'appelait pas la mer, il ne lui parlait plus. La lumière du soleil se réverbérait sur l'eau des flaques comme sur des miroirs, elle se brisait sur les pointes des rochers, elle faisait des bonds rapides, elle multipliait ses éclairs. La lumière était partout à la fois, si proche qu'il sentait sur son visage le passage des rayons durcis, ou bien très loin, pareille à l'étincelle froide des planètes. C'était à cause d'elle que Daniel courait en zigzag à travers la plaine des rochers. La lumière l'avait rendu libre et fou, et il bondissait comme elle, sans voir. La lumière n'était pas douce et tranquille, comme celle des plages et des dunes. C'était un tourbillon insensé qui jaillissait sans cesse, rebondissait entre les deux miroirs du ciel et des rochers.

Surtout, il y avait le sel. Depuis des jours, il s'était accumulé partout, sur les pierres noires, sur les galets, dans les coquilles des mollusques et même sur les petites feuilles pâles des plantes grasses, au pied de la falaise. Le sel avait pénétré la peau de Daniel, s'était déposé sur ses lèvres, dans ses sourcils et ses cils, dans ses cheveux et ses vêtements, et maintenant cela faisait une carapace dure qui brûlait. Le sel était même entré à l'intérieur de son corps, dans sa gorge, dans son ventre, jusqu'au centre de ses os, il rongeait et crissait comme une poussière de verre, il allumait des étincelles sur ses rétines douloureuses. La lumière du soleil avait enflammé le sel, et maintenant chaque prisme scintillait autour de Daniel et dans son corps. Alors il y avait cette sorte d'ivresse, cette électricité qui vibrait, parce que le sel et la lumière ne voulaient pas qu'on reste en place ; ils voulaient qu'on danse et qu'on coure, qu'on saute d'un rocher à l'autre, ils voulaient qu'on fuie à travers le fond de la mer.

Daniel n'avait jamais vu tant de blancheur. Même l'eau des mares, même le ciel étaient blancs. Ils brûlaient les rétines. Daniel ferma les yeux tout

à fait et il s'arrêta, parce que ses jambes tremblaient et ne pouvaient plus le porter. Il s'assit sur
un rocher plat, devant un lac d'eau de mer. Il
écouta le bruit de la lumière qui bondissait sur les
roches, tous les craquements secs, les claquements,
les chuintements, et, près de ses oreilles, le mur-
mure aigu pareil au chant des abeilles. Il avait soif,
mais c'était comme si aucune eau ne pourrait le
rassasier jamais. La lumière continuait à brûler son
visage, ses mains, ses épaules, elle mordait avec des
milliers de picotements, de fourmillements. Les
larmes salées se mirent à couler de ses yeux fermés,
lentement, traçant des sillons chauds sur ses joues.
Entrouvrant ses paupières avec effort, il regarda la
plaine des roches blanches, le grand désert où brillaient les mares d'eau cruelle. Les animaux marins
et les coquillages avaient disparu, ils s'étaient
cachés dans les failles, sous les rideaux des algues.

Daniel se pencha en avant sur le rocher plat, et il
mit sa chemise sur sa tête, pour ne plus voir la
lumière et le sel. Il resta longtemps immobile, la
tête entre ses genoux, tandis que la danse brûlante
passait et repassait sur le fond de la mer.

Puis le vent est venu, faible d'abord, qui marchait avec peine dans l'air épais. Le vent grandit, le
vent froid sorti de l'horizon, et les mares d'eau de
mer frémissaient et changeaient de couleur. Le ciel
eut des nuages, la lumière redevint cohérente.
Daniel entendit le grondement de la mer proche, les
grandes vagues qui frappaient leurs ventres sur les
rochers. Des gouttes d'eau mouillèrent ses habits et
il sortit de sa torpeur.

La mer était là, déjà. Elle venait très vite, elle entourait avec hâte les premiers rochers comme des îles, elle noyait les crevasses, elle glissait avec un bruit de rivière en crue. Chaque fois qu'elle avait englouti un morceau de roche, il y avait un bruit sourd qui ébranlait le socle de la terre, et un rugissement dans l'air.

Daniel se leva d'un bond. Il se mit à courir vers le rivage sans s'arrêter. Maintenant il n'avait plus sommeil, il ne craignait plus la lumière et le sel. Il sentait une sorte de colère au fond de son corps, une force qu'il ne comprenait pas, comme s'il avait pu briser les rochers et creuser les fissures, comme cela, d'un seul coup de talon. Il courait au-devant de la mer, en suivant la route du vent, et il entendait derrière lui le rugissement des vagues. De temps en temps, il criait, lui aussi, pour les imiter :

« Ram ! Ram ! »

comme si c'était lui qui commandait à la mer.

Il fallait courir vite ! La mer voulait tout prendre, les rochers, les algues, et aussi celui qui courait devant elle. Parfois elle lançait un bras, à gauche, ou à droite, un long bras gris et taché d'écume qui coupait la route de Daniel. Il faisait un bond de côté, il cherchait un passage au sommet des roches, et l'eau se retirait en suçant les trous des crevasses.

Daniel traversa plusieurs lacs déjà troubles, en nageant. Il ne sentait plus la fatigue. Au contraire, il y avait une sorte de joie en lui, comme si la mer, le vent et le soleil avaient dissous le sel et l'avaient libéré.

33

La mer était belle ! Les gerbes blanches fusaient dans la lumière, très haut et très droit, puis retombaient en nuages de vapeur qui glissaient dans le vent. L'eau nouvelle emplissait les creux des roches, lavait la croûte blanche, arrachait les touffes d'algues. Loin, près des falaises, la route blanche de la plage brillait. Daniel pensait au naufrage de Sindbad, quand il avait été porté par les vagues jusqu'à l'île du roi Mihrage, et c'était tout à fait comme cela, maintenant. Il courait vite sur les rochers, ses pieds nus choisissaient les meilleurs passages, sans même qu'il ait eu le temps d'y penser. C'était comme s'il avait vécu ici depuis toujours, sur la plaine du fond de la mer, au milieu des naufrages et des tempêtes.

Il allait à la même vitesse que la mer, sans s'arrêter, sans reprendre son souffle, écoutant le bruit des vagues. Elles venaient de l'autre bout du monde, hautes, penchées en avant, portant l'écume, elles glissaient sur les roches lisses et elles s'écrasaient dans les crevasses.

Le soleil brillait de son éclat fixe, tout près de l'horizon. C'était de lui que venait toute cette force, sa lumière poussait les vagues contre la terre. C'était comme une danse qui ne pouvait pas finir, la danse du sel quand la mer était basse, la danse des vagues et du vent quand le flot remontait vers le rivage.

Daniel entra dans la grotte quand la mer atteignit le rempart de varech. Il s'assit sur les galets pour regarder la mer et le ciel. Mais les vagues dépassèrent les algues et il dut reculer à l'intérieur de la grotte. La mer battait toujours, lançait ses nappes blanches qui frémissaient sur les cailloux comme une eau en train de bouillir. Les vagues continuèrent à monter, comme cela, une après l'autre, jusqu'à la dernière barrière d'algues et de brindilles. Elle trouvait les algues les plus sèches, les branches d'arbre blanchies par le sel, tout ce qui s'était amoncelé à l'entrée de la grotte depuis des mois. L'eau butait contre les débris, les séparait, les prenait dans le ressac. Maintenant Daniel avait le dos contre le fond de la grotte. Il ne pouvait plus reculer davantage. Alors il regarda la mer pour l'arrêter. De toutes ses forces, il la regardait, sans parler, et il renvoyait les vagues en arrière, en faisant des contre-lames qui brisaient l'élan de la mer.

Plusieurs fois, les vagues sautèrent par-dessus les remparts d'algues et de débris, éclaboussant le fond de la grotte et entourant les jambes de Daniel. Puis la mer cessa de monter tout d'un coup. Le bruit terrible s'apaisa, les vagues devinrent plus douces, plus lentes, comme alourdies par l'écume. Daniel comprit que c'était fini.

Il s'allongea sur les galets, à l'entrée de la grotte, la tête tournée vers la mer. Il grelottait de froid et de fatigue, mais il n'avait jamais connu un tel bonheur. Il s'endormit comme cela, dans la paix étale, et la lumière du soleil baissa lentement comme une flamme qui s'éteint.

Après cela, qu'est-il devenu ? Qu'a-t-il fait, tous ces jours, tous ces mois, dans sa grotte, devant la mer ? Peut-être qu'il est parti vraiment pour l'Amé-

35

rique, ou jusqu'en Chine, sur un cargo qui allait lentement, de port en port, d'île en île. Les rêves qui commencent ainsi ne doivent pas s'arrêter. Ici, pour nous qui sommes loin de la mer, tout était impossible et facile. Tout ce que nous savions, c'est qu'il s'était passé quelque chose d'étrange.

C'était étrange, parce que cela avait un aspect illogique qui démentait tout ce que les gens sérieux disaient. Ils s'étaient tellement agités en tous sens pour retrouver la trace de Daniel Sindbad, les professeurs, les surveillants, les policiers, ils avaient posé tant de questions, et voilà qu'un jour, à partir d'une certaine date, ils ont fait comme si Daniel n'avait jamais existé. Ils ne parlaient plus de lui. Ils ont envoyé tous ses effets, et même ses vieilles copies à ses parents, et il n'est plus rien resté de lui dans le lycée que son souvenir. Et même de cela, les gens ne voulaient plus. Ils ont recommencé à parler de choses et d'autres, de leurs femmes et de leurs maisons, de leurs autos et des élections cantonales, comme avant, comme s'il ne s'était rien passé.

Peut-être qu'ils ne faisaient pas semblant. Peut-être qu'ils avaient réellement oublié Daniel, à force d'avoir trop pensé à lui pendant des mois. Peut-être que s'il était revenu, et qu'il s'était présenté à la porte du lycée, les gens ne l'auraient pas reconnu et lui auraient demandé :

« Qui êtes-vous ? Qu'est-ce que vous voulez ? »

Mais nous, nous ne l'avions pas oublié. Personne ne l'avait oublié, dans le dortoir, dans les classes, dans la cour, même ceux qui ne l'avaient pas connu. Nous parlions des choses du lycée, des problèmes et des versions, mais nous pensions toujours très fort à lui, comme s'il était réellement un peu Sindbad et qu'il continuait à parcourir le monde. De temps en temps, nous nous arrêtions de parler, et quelqu'un posait la question, toujours la même :

« Tu crois qu'il est là-bas ? »

Personne ne savait au juste ce que c'était, là-bas, mais c'était comme si on voyait cet endroit, la mer immense, le ciel, les nuages, les récifs sauvages et les vagues, les grands oiseaux blancs qui planent dans le vent.

Quand la brise agitait les branches des châtaigniers, on regardait le ciel, et on disait, avec un peu d'inquiétude, comme les marins :

« Il va y avoir de la tempête. »

Et quand le soleil de l'hiver brillait dans le ciel bleu, on commentait :

« Il a de la chance aujourd'hui. »

Mais on ne disait jamais beaucoup plus, parce que c'était comme un pacte qu'on avait conclu sans le savoir avec Daniel, une alliance de secret et de silence qu'on avait passée un jour avec lui, ou bien peut-être comme ce rêve qu'on avait commencé, simplement, un matin, en ouvrant les yeux et en voyant dans la pénombre du dortoir le lit de Daniel, qu'il avait préparé pour le reste de sa vie, comme s'il ne devait plus jamais dormir.

La montagne du dieu vivant

Le mont Reyðarbarmur était à droite du chemin de terre. Dans la lumière du 21 juin il était très haut et large, dominant le pays de steppes et le grand lac froid, et Jon ne voyait que lui. Pourtant, ce n'était pas la seule montagne. Un peu plus loin, il y avait le massif du Kalfstindar, les grandes vallées creusées jusqu'à la mer, et au nord, la masse sombre des gardiens des glaciers. Mais Reyðarbarmur était plus beau que tous les autres, il semblait plus grand, plus pur, à cause de la ligne douce qui allait sans s'interrompre de sa base à son sommet. Il touchait le ciel, et les volutes des nuages passaient sur lui comme une fumée de volcan.

Jon marchait vers Reyðarbarmur maintenant. Il avait laissé sa bicyclette neuve contre un talus, au bord du chemin, et il marchait à travers le champ de bruyères et de lichen. Il ne savait pas bien pourquoi il marchait vers Reyðarbarmur. Il connaissait cette montagne depuis toujours, il la voyait chaque matin depuis son enfance, et pourtant, aujourd'hui, c'était comme si Reyðarbarmur lui était apparu pour la première fois. Il la voyait aussi quand il

partait à pied pour l'école, le long de la route gou-
dronnée. Il n'y avait pas un endroit de la vallée
d'où on ne pût la voir. C'était comme un château
sombre qui culminait au-dessus des étendues de
mousse et de lichen, au-dessus des pâtures des
moutons et des villages, et qui regardait tout le
pays.

Jon avait posé sa bicyclette contre le talus
mouillé. Aujourd'hui, c'était le premier jour qu'il
sortait sur sa bicyclette, et d'avoir lutté contre le
vent, tout le long de la pente qui conduisait au pied
de la montagne, l'avait essoufflé, et ses joues et ses
oreilles étaient brûlantes.

C'était peut-être la lumière qui lui avait donné
envie d'aller jusqu'à Reyđarbarmur. Pendant les
mois d'hiver, quand les nuages glissent au ras du
sol en jetant le grésil, la montagne semblait très
loin, inaccessible. Quelquefois elle était entourée
d'éclairs, toute bleue dans le ciel noir, et les gens
des vallées avaient peur. Mais Jon, lui, n'avait pas
peur d'elle. Il la regardait, et c'était un peu comme
si elle le regardait elle aussi, du fond des nuages,
par-dessus la grande steppe grise.

Aujourd'hui, c'était peut-être cette lumière du
mois de juin qui l'avait conduit jusqu'à la montagne. La lumière était belle et douce, malgré le
froid du vent. Tandis qu'il marchait sur la mousse
humide, Jon voyait les insectes qui bougeaient dans
la lumière, les jeunes moustiques et les moucherons
qui volaient au-dessus des plantes. Les abeilles sauvages circulaient entre les fleurs blanches, et dans
le ciel, les oiseaux effilés battaient très vite des

46

ailes, suspendus au-dessus des flaques d'eau, puis disparaissaient d'un seul coup dans le vent. C'étaient les seuls êtres vivants.

Jon s'arrêta pour écouter le bruit du vent. Ça faisait une musique étrange et belle dans les creux de la terre et dans les branches des buissons. Il y avait aussi les cris des oiseaux cachés dans la mousse ; leurs piaillements suraigus grandissaient dans le vent, puis s'étouffaient.

La belle lumière du mois de juin éclairait bien la montagne. A mesure que Jon s'approchait, il s'apercevait qu'elle était moins régulière qu'elle ne paraissait, de loin ; elle sortait tout d'un bloc de la plaine de basalte, comme une grande maison ruinée. Il y avait des pans très hauts, d'autres brisés à mi-hauteur, et des failles noires qui divisaient ses murs comme des traces de coups. Au pied de la montagne coulait un ruisseau.

Jon n'en avait jamais vu de semblable. C'était un ruisseau limpide, couleur de ciel, qui glissait lentement en sinuant à travers la mousse verte. Jon s'approcha doucement, en tâtant le sol du bout du pied, pour ne pas s'enliser dans une mare. Il s'agenouilla au bord du ruisseau.

L'eau bleue coulait en chantonnant, très lisse et pure comme du verre. Le fond du ruisseau était recouvert de petits cailloux, et Jon plongea son bras pour en ramasser un. L'eau était glacée, et plus profonde qu'il pensait, et il dut avancer son bras jusqu'à l'aisselle. Ses doigts saisirent un seul caillou blanc et un peu transparent, en forme de cœur.

Soudain, encore une fois, Jon eut l'impression que quelqu'un le regardait. Il se redressa en frissonnant, la manche de sa veste trempée d'eau glacée. Il se retourna, regarda autour de lui. Mais aussi loin qu'il pût voir, il n'y avait que la vallée qui descendait en pente douce, la grande plaine de mousse et de lichen, où passait le vent. Maintenant, il n'y avait même plus d'oiseaux.

Tout à fait au bas de la pente, Jon aperçut la tache rouge de sa bicyclette neuve posée contre la mousse du talus, et cela le rassura.

Ce n'était pas exactement un regard qui était venu, quand il était penché sur l'eau du ruisseau. C'était aussi un peu comme une voix qui aurait prononcé son nom, très doucement, à l'intérieur de son oreille, une voix légère et douce qui ne ressemblait à rien de connu. Ou bien une onde, qui l'avait enveloppé comme la lumière, et qui l'avait fait tressaillir, à la manière d'un nuage qui s'écarte et montre le soleil.

Jon longea un instant le ruisseau, à la recherche d'un gué. Il le trouva plus haut, à la sortie d'un méandre, et il traversa. L'eau cascadait sur les cailloux plats du gué, et des touffes de mousse verte détachées des berges glissaient sans bruit, descendaient. Avant de continuer sa marche, Jon s'agenouilla à nouveau au bord du ruisseau et il but plusieurs gorgées de la belle eau glacée.

Les nuages s'écartaient, se refermaient, la lumière changeait sans cesse. C'était une lumière étrange, parce qu'elle semblait ne rien devoir au soleil ; elle flottait dans l'air, autour des murs de la montagne. C'était une lumière très lente, et Jon comprit qu'elle allait durer des mois encore, sans faiblir, jour après jour, sans laisser place à la nuit. Elle était née maintenant, sortie de la terre, allumée dans le ciel parmi les nuages, comme si elle devait vivre toujours. Jon sentit qu'elle entrait en lui par toute la peau de son corps et de son visage. Elle brûlait et pénétrait les pores comme un liquide chaud, elle imprégnait ses habits et ses cheveux. Soudain il eut envie de se mettre nu. Il choisit un endroit où le champ de mousse formait une cuvette abritée du vent, et il ôta rapidement tous ses habits Puis il se roula sur le sol humide, en frottant ses jambes et ses bras dans la mousse. Les touffes élastiques crissaient sous le poids de son corps, le couvraient de gouttes froides. Jon resta immobile, couché sur le dos, les bras écartés, regardant le ciel et écoutant le vent. A ce moment-là, au-dessus de Reyđarbarmur, les nuages s'ouvrirent et le soleil brûla le visage, la poitrine et le ventre de Jon.

Jon se rhabilla et recommença à marcher vers le mur de la montagne. Son visage était chaud et ses oreilles bruissaient, comme s'il avait bu de la bière. La mousse souple faisait rebondir ses pieds, et c'était un peu difficile de marcher droit. Quand le champ de mousse s'arrêta, Jon commença à escalader les contreforts de la montagne. Le terrain devenait chaotique, fait de blocs de basalte sombre et de chemins de pierre ponce qui crissait et s'effritait sous ses semelles.

Devant lui, la paroi de la montagne s'élevait, si haut qu'on n'en voyait pas le sommet. Il n'y avait

49

pas moyen d'escalader à cet endroit. Jon contourna la muraille, remonta vers le nord, à la recherche d'un passage. Il le trouva soudain. Le souffle du vent dont la muraille l'avait abrité jusque-là, d'un seul coup le frappa, le fit tituber en arrière. Devant lui, une large faille séparait le rocher noir, formant comme une porte géante. Jon entra.

Entre les parois de la faille, de larges blocs de basalte s'étaient écroulés pêle-mêle, et il fallait monter lentement, en s'aidant de chaque entaille, de chaque fissure. Jon escaladait les blocs l'un après l'autre, sans reprendre haleine. Une sorte de hâte était en lui, il voulait arriver en haut de la faille le plus vite possible. Plusieurs fois il manqua tomber à la renverse, parce que les blocs de pierre étaient couverts d'humidité et de lichen. Jon s'agrippait des deux mains, et à un moment, il cassa l'ongle de son index sans rien sentir. La chaleur continuait de circuler dans son sang, malgré le froid de l'ombre.

Au sommet de la faille, il se retourna. La grande vallée de lave et de mousse s'étendait à perte de vue, et le ciel était immense, roulant des nuages gris. Jon n'avait jamais rien vu de plus beau. C'était comme si la terre était devenue lointaine et vide, sans hommes, sans bêtes, sans arbres, aussi grande et solitaire que l'Océan. Par endroits, au-dessus de la vallée, un nuage crevait et Jon voyait les rayons obliques de la pluie, et les halos de la lumière.

Jon regarda sans bouger la plaine, le dos appuyé contre le mur de pierre. Il chercha des yeux la tache rouge de sa bicyclette, et la forme de la maison de son père, à l'autre bout de la vallée. Mais il ne put les voir. Tout ce qu'il connaissait avait disparu, comme si la mousse verte avait monté et avait tout recouvert. Seul, au bas de la montagne, le ruisseau brillait, pareil à un long serpent d'azur. Mais il disparaissait lui aussi, au loin, comme s'il coulait à l'intérieur d'une grotte.

Tout à coup, Jon regarda fixement la faille sombre, au-dessous de lui, et il frissonna ; il ne s'en était pas rendu compte tandis qu'il escaladait les blocs, mais chaque morceau de basalte formait la marche d'un escalier géant.

Alors, encore une fois, Jon sentit l'étrange regard qui l'entourait. La présence inconnue pesait sur sa tête, sur ses épaules, sur tout son corps, un regard sombre et puissant qui couvrait toute la terre. Jon releva la tête. Au-dessus de lui, le ciel était plein d'une lumière intense qui brillait d'un horizon à l'autre d'un seul éclat. Jon ferma les yeux, comme devant la foudre. Puis les larges nuages bas pareils à de la fumée s'unirent de nouveau, couvrant la terre d'ombre. Jon resta longtemps les yeux fermés, pour ne pas sentir le vertige. Il écouta le bruit du vent qui glissait sur les roches lisses, mais la voix étrange et douce ne prononça pas son nom. Elle chuchotait seulement, incompréhensible, dans la musique du vent.

Etait-ce le vent ? Jon entendait des sons inconnus, des voix de femmes marmonnantes, des bruits d'ailes, des bruits de vagues. Parfois, du fond de la vallée montaient de drôles de vrombissements d'abeille, des bourdonnements de moteur. Les

51

bruits s'emmêlaient, résonnaient en écho sur les flancs de la montagne, glissaient comme l'eau des sources, s'enfonçaient dans le lichen et dans le sable.

Jon ouvrit les yeux. Ses mains s'accrochèrent à la paroi du rocher. Un peu de sueur mouillait son visage, malgré le froid. Maintenant, il était comme sur un vaisseau de lave, qui virait lentement en frôlant les nuages. Avec légèreté, la grande montagne glissait sur la terre, et Jon sentit le mouvement de balancier du tangage. Dans le ciel, les nuages se déroulaient, fuyaient comme des vagues immenses, en faisant clignoter la lumière.

Cela dura longtemps, aussi longtemps qu'un voyage vers une île. Puis Jon sentit le regard qui s'éloignait de lui. Il détacha ses doigts de la paroi du rocher. Au-dessus de lui, le sommet de la montagne apparaissait avec netteté. C'était un grand dôme de pierre noire, gonflé comme un ballon, lisse et brillant dans la lumière du ciel.

Les coulées de lave et de basalte faisaient une pente douce sur les côtés du dôme, et c'est par là que Jon choisit de continuer son ascension. Il montait à petits pas, zigzaguant comme une chèvre, le buste penché en avant. Maintenant le vent était libre, il le frappait avec violence, il faisait claquer ses habits. Jon serrait les lèvres, et ses yeux étaient brouillés par les larmes. Mais il n'avait pas peur, il ne sentait plus le vertige. Le regard inconnu ne pesait plus, à présent. Au contraire, il soutenait le corps, il poussait Jon vers le haut, avec toute sa lumière.

Jon n'avait jamais ressenti une telle impression de force. C'était comme si quelqu'un qui l'aimait marchait à côté de lui, au même pas, soufflant au même rythme. Le regard inconnu le tirait vers le haut des roches, l'aidait à grimper. Quelqu'un venu du plus profond d'un rêve, et son pouvoir grandissait sans cesse, se gonflait comme un nuage. Jon posait ses pieds sur les plaques de lave, exactement là où il fallait, parce qu'il suivait peut-être des traces invisibles. Le vent froid le faisait haleter et brouillait sa vue, mais il n'avait pas besoin de voir. Son corps se dirigeait seul, s'orientait, et mètre par mètre il s'élevait le long de la courbe de la montagne.

Il était seul au milieu du ciel. Autour de lui, maintenant, il n'y avait plus de terre, plus d'horizon, mais seulement l'air, la lumière, les nuages gris. Jon avançait avec ivresse vers le haut de la montagne, et ses gestes devenaient lents comme ceux d'un nageur. Parfois ses mains touchaient la dalle lisse et froide, son ventre frottait sur elle, et il sentait les bords coupants des fissures et les traces des veines de lave. La lumière gonflait la roche, gonflait le ciel, elle grandissait aussi dans son corps, elle vibrait dans son sang. La musique de la voix du vent emplissait ses oreilles, résonnait dans sa bouche. Jon ne pensait à rien, ne regardait rien. Il montait d'un seul effort, tout son corps montait, sans s'arrêter, vers le sommet de la montagne.

Il arriva peu à peu. La pente de basalte devint plus douce, plus longue. Jon était à présent comme dans la vallée, au pied de la montagne, mais une vallée de pierre, belle et vaste, étendue en une longue courbe jusqu'au commencement des nuages.

Le vent et la pluie avaient usé la pierre, l'avaient polie comme une meule. Par endroits, étincelaient des cristaux rouge sang, des stries vertes et bleues, des taches jaunes qui semblaient ondoyer dans la lumière. Plus haut, la vallée de pierre disparaissait dans les nuages ; ils glissaient sur elle en laissant traîner derrière eux des filaments, des mèches, et quand ils fondaient Jon voyait à nouveau la ligne pure de la courbe de pierre.

Ensuite, Jon fut tout à fait au sommet de la montagne. Il ne s'en aperçut pas tout de suite, parce que cela s'était fait progressivement. Mais quand il regarda autour de lui, il vit ce grand cercle noir dont il était le centre, et il comprit qu'il était arrivé. Le sommet de la montagne était ce plateau de lave qui touchait le ciel. Là, le vent soufflait, non plus par rafales, mais continu et puissant, tendu sur la pierre comme une lame. Jon fit quelques pas, en titubant. Son cœur battait très fort dans sa poitrine, poussait son sang dans ses tempes et dans son cou. Pendant un instant, il suffoqua, parce que le vent appuyait sur ses narines et sur ses lèvres.

Jon chercha un abri. Le sommet de la montagne était nu, sans une herbe, sans un creux. La lave luisait durement, comme de l'asphalte, fêlée par endroits, là où la pluie creusait ses gouttières. Le vent arrachait un peu de poussière grise qui s'échappait de la carapace, en fumées brèves.

C'était ici que la lumière régnait. Elle l'avait appelé, quand il marchait au pied de la montagne,

55

et c'est pour cela qu'il avait laissé sa bicyclette renversée sur le talus de mousse, au bord du chemin. La lumière du ciel tourbillonnait ici, complètement libre. Sans cesse elle jaillissait de l'espace et frappait la pierre, puis rebondissait jusqu'aux nuages. La lave noire était pénétrée de cette lumière, lourde, profonde comme la mer en été. C'était une lumière sans chaleur, venue du plus loin de l'espace, la lumière de tous les soleils et de tous les astres invisibles, et elle rallumait les anciennes braises, elle faisait renaître les feux qui avaient brûlé sur la terre des millions d'années auparavant. La flamme brillait dans la lave, à l'intérieur de la montagne, elle miroitait sous le souffle du vent froid. Jon voyait maintenant devant lui, sous la pierre dure, tous les courants mystérieux qui bougeaient. Les veines rouges rampaient, tels des serpents de feu ; les bulles lentes figées au cœur de la matière luisaient comme les photogènes des animaux marins.

Le vent cessa soudain, comme un souffle qu'on retient. Alors Jon put marcher vers le centre de la plaine de lave. Il s'arrêta devant trois marques étranges. C'étaient trois cuvettes creusées dans la pierre. L'une des cuvettes était remplie d'eau de pluie, et les deux autres abritaient de la mousse et un arbuste maigre. Autour des cuvettes, il y avait des pierres noires éparses, et de la poudre de lave rouge qui roulait dans les rainures.

C'était le seul abri. Jon s'assit au bord de la cuvette qui contenait l'arbuste. Ici, le vent semblait ne jamais souffler très fort. La lave était douce et lisse, tiédie par la lumière du ciel. Jon s'appuya en arrière sur ses coudes, et il regarda les nuages.

Il n'avait jamais vu les nuages d'aussi près. Jon aimait bien les nuages. En bas, dans la vallée, il les avait regardés souvent, couché sur le dos derrière le mur de la ferme. Ou bien caché dans une crique du lac, il était resté longtemps la tête renversée en arrière jusqu'à ce qu'il sente les tendons de son cou durcis comme des cordes. Mais ici, au sommet de la montagne, ce n'était pas pareil. Les nuages arrivaient vite, au ras de la plaine de lave, ouvrant leurs ailes immenses. Ils avalaient l'air et la pierre, sans bruit, sans effort, ils écartaient leurs membranes démesurément. Quand ils passaient sur le sommet de la montagne, tout devenait blanc et phosphorescent, et la pierre noire se couvrait de perles. Les nuages passaient sans ombre. Au contraire, la lumière brillait avec plus de force, elle rendait tout couleur de neige et d'écume. Jon regardait ses mains blanches, ses ongles pareils à des pièces de métal. Il renversait la tête et il ouvrait sa bouche pour boire les fines gouttes mêlées à la lumière éblouissante. Ses yeux grands ouverts regardaient la lueur d'argent qui emplissait l'espace. Alors il n'y avait plus de montagne, plus de vallées de mousse, ni de villages, plus rien ; plus rien, mais le corps du nuage qui fuyait vers le sud, qui comblait chaque trou, chaque rainure. La vapeur fraîche tournait longtemps sur le sommet de la montagne, aveuglait le monde. Puis, très vite, comme elle était venue, la nuée s'en allait, roulait vers l'autre bout du ciel.

Jon était heureux d'être arrivé ici, près des nuages. Il aimait leur pays, si haut, si loin des vallées et des routes des hommes. Le ciel se faisait et se défaisait sans cesse, autour du cercle de lave, la lumière du soleil intermittent bougeait comme les faisceaux des phares. Peut-être qu'il n'y avait rien d'autre, réellement. Peut-être que maintenant, tout bougerait sans cesse, en fumant, larges tourbillons, nœuds coulants, voiles, ailes, fleuves pâles. La lave noire glissait aussi, elle s'épandait et coulait vers le bas, la lave froide très lente qui débordait des lèvres du volcan.

Quand les nuages s'en allaient, Jon regardait leurs dos ronds qui couraient dans le ciel. Alors l'atmosphère reparaissait, très bleue, vibrante de la lumière du soleil et les blocs de lave durcissaient de nouveau.

Jon se mit à plat ventre et toucha la lave. Tout à coup, il vit un caillou bizarre, posé au bord de la cuvette remplie d'eau de pluie. Il s'approcha à quatre pattes pour l'examiner. C'était un bloc de lave noire, sans doute détaché de la masse par l'érosion. Jon voulut le retourner, mais sans y parvenir. Il était soudé au sol par un poids énorme qui ne correspondait pas à sa taille.

Alors Jon sentit le même frisson que tout à l'heure, quand il escaladait les blocs du ravin. Le caillou avait exactement la forme de la montagne. Il n'y avait pas de doute possible : c'était la même base large, anguleuse, et le même sommet hémisphérique. Jon se pencha plus près, et il distingua clairement la faille par où il était monté. Sur le caillou, cela formait juste une fissure, mais dentelée comme les marches de l'escalier géant qu'il avait escaladé.

Jon approcha son visage de la pierre noire, jusqu'à ce que sa vue devienne trouble. Le bloc de lave grandissait, emplissait tout son regard, s'étendait autour de lui. Jon sentait peu à peu qu'il perdait son corps, et son poids. Maintenant il flottait, couché sur le dos gris des nuages, et la lumière le traversait de part en part. Il voyait au-dessous de lui les grandes plaques de lave brillantes d'eau et de soleil, les taches rouillées du lichen, les ronds bleus des lacs. Lentement, il glissait au-dessus de la terre, car il était devenu semblable à un nuage, léger et qui changeait de forme. Il était une fumée grise, une vapeur, qui s'accrochait aux rochers et déposait ses gouttes fines.

Jon ne quittait plus la pierre du regard. Il était heureux comme cela, il caressait longuement la surface lisse avec ses mains ouvertes. La pierre vibrait sous ses doigts comme une peau. Il sentait chaque bosse, chaque fissure, chaque marque polie par le temps, et la douce chaleur de la lumière faisait un tapis léger, pareil à la poussière.

Son regard s'arrêta au sommet du caillou. Là, sur la surface arrondie et brillante, il vit trois trous minuscules. C'était une ivresse étrange de voir l'endroit même où il se trouvait. Jon regarda avec une attention presque douloureuse les marques des cuvettes, mais il ne put voir le drôle d'insecte noir qui se tenait immobile au sommet de la pierre.

Il resta longtemps à regarder le bloc de lave. Par son regard, il sentit qu'il s'échappait peu à peu de lui-même. Il ne perdait pas connaissance, mais son corps s'engourdissait lentement. Ses mains devenaient froides, posées à plat de chaque côté de la montagne. Sa tête s'appuya, le menton contre la pierre, et ses yeux devinrent fixes.

Pendant ce temps, le ciel autour de la montagne se défaisait et se reformait. Les nuages glissaient sur la plaine de lave, les gouttelettes coulaient sur le visage de Jon, s'accrochaient à ses cheveux. Le soleil luisait parfois, avec de grands éclats brûlants. Le souffle du vent circulait autour de la montagne, longuement, tantôt dans un sens, tantôt dans l'autre.

Puis Jon entendit les coups de son cœur, mais loin à l'intérieur de la terre, loin, jusqu'au fond de la lave, jusqu'aux artères du feu, jusqu'aux socles des glaciers. Les coups ébranlaient la montagne, vibraient dans les veines de lave, dans le gypse, sur les cylindres de basalte. Ils résonnaient au fond des cavernes, dans les failles, et le bruit régulier devait parcourir les vallées de mousse, jusqu'aux maisons des hommes.

« Dom-dom, dom-dom, dom-dom, dom-dom, dom-dom, dom-dom. »

C'était le bruit sourd qui entraînait vers un autre monde, comme au jour de la naissance, et Jon voyait devant lui la grande pierre noire qui palpitait dans la lumière. A chaque pulsation, toute la clarté du ciel oscillait, accrue par une décharge fulgurante. Les nuages se dilataient, gonflés d'électricité, phosphorescents comme ceux qui glissent autour de la pleine lune.

Jon perçut un autre bruit, un bruit de mer profonde, qui raclait lourdement, un bruit de vapeur qui fuse, et cela aussi l'entraînait plus loin. C'était difficile de résister au sommeil. D'autres bruits surgissaient sans cesse, des bruits nouveaux, vibrations de moteurs, cris d'oiseaux, grincements de treuils, trépidations de liquides bouillants.

Tous les bruits naissaient, venaient, s'éloignaient, revenaient encore, et cela faisait une musique qui emportait au loin. Jon ne faisait plus d'effort pour revenir, à présent. Complètement inerte, il sentit qu'il descendait quelque part, vers le sommet du caillou noir peut-être, au bord des trous minuscules.

Quand il ouvrit les yeux à nouveau, il vit tout de suite l'enfant au visage clair qui était debout sur la dalle de lave, devant le réservoir d'eau. Autour de l'enfant, la lumière était intense, car il n'y avait plus de nuages dans le ciel.

« Jon ! » dit l'enfant. Sa voix était douce et fragile, mais son visage clair souriait.

« Comment sais-tu mon nom ? » demanda Jon.

L'enfant ne répondait pas. Il restait immobile au bord de la cuvette d'eau, un peu tourné de côté comme s'il était prêt à s'enfuir.

« Et toi, comment t'appelles-tu ? demanda Jon. Je ne te connais pas. »

Il ne bougeait pas, pour ne pas effrayer l'enfant.

« Pourquoi es-tu venu ? Jamais personne ne vient sur la montagne.

— Je voulais voir la vue qu'on a d'ici, dit Jon. Je pensais qu'on voyait tout de très haut, comme les oiseaux. »

Il hésita un peu, puis il dit :

« Tu habites ici ? »

L'enfant continuait à sourire. La lumière qui l'entourait semblait sortir de ses yeux et de ses cheveux.

« Es-tu berger ? Tu es habillé comme les bergers.

— Je vis ici, dit l'enfant. Tout ce que tu vois ici est à moi. »

Jon regarda l'étendue de lave et le ciel.

« Tu te trompes, dit-il. Ça n'appartient à personne. »

Jon fit un geste pour se mettre debout. Mais l'enfant fit un bond de côté, comme s'il allait partir.

« Je ne bouge pas, dit Jon pour le rassurer. Reste, je ne vais pas me lever.

— Tu ne dois pas te lever maintenant, dit l'enfant.

— Alors viens t'asseoir à côté de moi. »

L'enfant hésita. Il regardait Jon comme s'il cherchait à deviner ses pensées. Puis il s'approcha et s'assit en tailleur à côté de Jon.

« Tu ne m'as pas répondu. Quel est ton nom ? demanda Jon.

— Ça n'a pas d'importance, puisque tu ne me connais pas, dit l'enfant. Moi, je ne t'ai pas demandé ton nom.

— C'est vrai », dit Jon.

Mais il sentit qu'il aurait dû être étonné.

« Dis-moi, alors, que fais-tu ici ? Où habites-tu ?
Je n'ai pas vu de maison en montant.

— C'est toute ma maison », dit l'enfant.

Ses mains bougeaient lentement, avec des gestes
gracieux que Jon n'avait jamais vus.

« Tu vis réellement ici ? demanda Jon. Et ton
père, ta mère ? Où sont-ils ?

— Je n'en ai pas.

— Tes frères ?

— Je vis tout seul, je viens de te le dire.

— Tu n'as pas peur ? Tu es bien jeune pour vivre
seul. »

L'enfant sourit encore.

« Pourquoi aurais-je peur ? Est-ce que tu as
peur, dans ta maison ?

— Non », dit Jon.

Il pensait que ce n'était pas la même chose, mais
il n'osa pas le dire.

Ils restèrent en silence pendant un moment, puis
l'enfant dit :

« Il y a très longtemps que je vis ici. Je connais
chaque pierre de cette montagne mieux que tu ne
connais ta chambre. Sais-tu pourquoi je vis ici ?

— Non, dit Jon.

— C'est une longue histoire, dit l'enfant. Il y a
longtemps, très longtemps, beaucoup d'hommes
sont arrivés, ils ont installé leurs maisons sur les
rivages, dans les vallées, et les maisons sont
devenues des villages, et les villages sont devenus
des villes. Même les oiseaux ont fui. Même les poissons avaient peur. Alors moi aussi j'ai quitté les
rivages, les vallées, et je suis venu sur cette mon-

tagne. Maintenant toi aussi tu es venu sur cette montagne, et les autres viendront après toi.

— Tu parles comme si tu étais très vieux, dit Jon. Pourtant tu n'es qu'un enfant !

— Oui, je suis un enfant », dit l'enfant.

Il regardait Jon fixement, et son regard bleu était plein d'une telle lumière que Jon dut baisser les yeux.

La lumière du mois de juin était plus belle encore. Jon pensa qu'elle sortait peut-être des yeux de l'étrange berger, et qu'elle se répandait jusqu'au ciel, jusqu'à la mer. Au-dessus de la montagne, le ciel s'était vidé de ses nuages, et la pierre noire était douce et tiède. Jon n'avait plus sommeil, à présent. Il regardait de toutes ses forces l'enfant assis à côté de lui. Mais l'enfant regardait ailleurs. Il y avait un silence intense, sans un souffle de vent.

L'enfant se tourna de nouveau vers Jon.

« Sais-tu jouer de la musique ? demanda-t-il. J'aime beaucoup la musique. »

Jon secoua la tête, puis il se souvint qu'il portait dans sa poche une petite guimbarde. Il sortit l'objet et le montra à l'enfant.

« Tu peux jouer de la musique avec cela ? » demanda l'enfant.

Jon lui tendit la guimbarde et l'enfant l'examina un instant.

« Que veux-tu que je te joue ? demanda Jon.

— Ce que tu sais jouer, n'importe ! J'aime toutes les musiques. »

Jon mit la guimbarde dans sa bouche, et il fit vibrer avec son index la petite lame de métal. Il joua un air qu'il aimait bien, *Draumkvaeði*, un vieil air que son père lui avait appris autrefois.

Les sons nasillards de la guimbarde résonnaient loin dans la plaine de lave, et l'enfant écouta en penchant un peu la tête de côté.

« C'est joli, dit l'enfant quand Jon eut terminé. Joue encore pour moi, s'il te plaît. »

Sans bien comprendre pourquoi, Jon se sentit heureux que sa musique plaise au jeune berger.

« Je sais aussi jouer *Manstu ekki vina*, dit Jon. C'est une chanson étrangère. »

En même temps qu'il jouait, il marquait la mesure du pied sur la dalle de lave.

L'enfant écoutait, et ses yeux brillaient de contentement.

« J'aime ta musique, dit-il enfin. Sais-tu jouer d'autres musiques ? »

Jon réfléchit.

« Mon frère me prête quelquefois sa flûte. Il a une belle flûte, tout en argent, et il me la prête quelquefois pour jouer.

— J'aimerais bien entendre cette musique-là aussi.

— J'essaierai de lui emprunter sa flûte, la prochaine fois, dit Jon. Peut-être qu'il voudra venir lui aussi, pour te jouer de la musique.

— J'aimerais bien », dit l'enfant.

Puis Jon recommença à jouer de la guimbarde. La lame de métal vibrait fort dans le silence de la montagne, et Jon pensait qu'on l'entendait peut-être jusqu'au bout de la vallée, jusqu'à la ferme. L'enfant s'approcha de lui. Il bougeait ses mains en cadence, sa tête s'inclinait un peu. Ses yeux clairs brillaient, et il se mettait à rire, quand la musique devenait vraiment trop nasillarde. Alors Jon ralentissait le rythme, faisait chanter des notes longues qui tremblaient dans l'air, et le visage de l'enfant redevenait grave, ses yeux reprenaient la couleur de la mer profonde.

A la fin, il s'arrêta, à bout de souffle. Ses dents et ses lèvres lui faisaient mal.

L'enfant battit des mains et dit :

« C'est beau ! Tu sais jouer de la belle musique !

— Je sais parler aussi avec la guimbarde », dit Jon.

L'enfant avait l'air étonné.

« Parler ? Comment peux-tu parler avec cet objet ? »

Jon remit la guimbarde dans sa bouche, et très lentement, il prononça quelques paroles en faisant vibrer la lame de métal.

« As-tu compris ?

— Non, dit l'enfant.

— Écoute mieux. »

Jon recommença, encore plus lentement. Le visage de l'enfant s'éclaira.

« Tu as dit : bonjour mon ami !

— C'est cela. »

Jon expliqua :

« Chez nous, en bas, dans la vallée, tous les garçons savent faire cela. Quand l'été vient, on va dans les champs, derrière les fermes, et on parle comme ça aux filles, avec nos guimbardes. Quand on a trouvé une fille qui nous plaît, on va derrière chez elle, le soir, et on lui parle comme ça, pour que ses parents ne comprennent pas. Les filles aiment bien cela. Elles mettent la tête à leur fenêtre et elles écoutent ce qu'on leur dit, avec la musique. »

Jon montra à l'enfant comment on disait : « Je t'aime, je t'aime, je t'aime », rien qu'en grattant la lame de fer de la guimbarde et en bougeant la langue dans sa bouche.

« C'est facile », dit Jon.

Il donna l'instrument à l'enfant, qui essaya à son tour de parler en grattant la lame de métal. Mais ça ne ressemblait pas du tout à un langage et ensemble ils éclatèrent de rire.

L'enfant n'avait plus du tout de méfiance, maintenant. Jon lui montra aussi comment jouer les airs de musique, et les sons nasillards résonnèrent longtemps dans la montagne.

Puis la lumière déclina un peu. Le soleil descendit tout près de l'horizon, dans une brume rouge. Le ciel s'alluma bizarrement, comme s'il y avait un incendie. Jon regarda le visage de son compagnon, et il lui sembla qu'il avait changé de couleur. Sa peau et ses cheveux devenaient gris comme la cendre, et ses yeux avaient la teinte du ciel. La douce chaleur diminuait peu à peu. Le froid arriva comme un frisson. A un moment, Jon voulut se lever pour partir, mais l'enfant posa sa main sur son bras.

« Ne pars pas, je t'en prie, dit-il simplement.

— Il faut que je redescende maintenant, il doit être tard déjà.

— Ne pars pas. La nuit va être claire, tu peux rester ici jusqu'à demain matin. »

Jon hésita.

« Ma mère et mon père m'attendent chez nous », dit-il.

L'enfant réfléchit. Ses yeux gris brillaient avec force.

« Ton père et ta mère se sont endormis, dit-il ; ils ne se réveilleront pas avant demain matin. Tu peux rester ici.

— Comment sais-tu qu'ils dorment ? » demanda Jon.

Mais il comprit que l'enfant disait la vérité. L'enfant sourit.

« Tu sais jouer de la musique et parler avec la musique. Moi je sais d'autres choses. »

Jon prit la main de l'enfant et la serra. Il ne savait pourquoi, mais il n'avait jamais ressenti un tel bonheur auparavant.

« Apprends-moi d'autres choses, dit-il ; tu sais tellement de choses ! »

Au lieu de lui répondre, l'enfant se leva d'un bond et courut vers le réservoir. Il prit un peu d'eau dans ses mains en coupe, et il l'apporta à Jon. Il approcha ses mains de la bouche de Jon.

« Bois ! » dit-il.

Jon obéit. L'enfant versa doucement l'eau entre ses lèvres. Jon n'avait jamais bu une eau comme celle-là. Elle était douce et fraîche, mais dense et lourde aussi, et elle semblait parcourir tout son corps comme une source. C'était une eau qui rassasiait la soif et la faim, qui bougeait dans les veines comme une lumière.

« C'est bon, dit Jon. Quelle est cette eau ?

— Elle vient des nuages, dit l'enfant. Jamais personne ne l'a regardée. »

L'enfant était debout devant lui sur la dalle de lave.

« Viens, je vais te montrer le ciel maintenant. »

Jon mit sa main dans la main de l'enfant et ils marchèrent ensemble sur le sommet de la montagne. L'enfant allait légèrement, un peu au-devant, ses pieds nus glissant à peine sur le sol. Ils marchèrent ainsi jusqu'au bout du plateau de lave, là où la montagne dominait la terre comme un promontoire.

Jon regarda le ciel ouvert devant eux. Le soleil avait complètement disparu derrière l'horizon, mais la lumière continuait d'illuminer les nuages. En bas, très loin, sur la vallée, il y avait une ombre légère qui voilait le relief. On ne voyait plus le lac, ni les collines, et Jon ne pouvait pas reconnaître le pays. Mais le ciel immense était plein de lumière, et Jon vit tous les nuages, longs, couleur de fumée, étendus dans l'air jaune et rose. Plus haut, le bleu commençait, un bleu profond et sombre qui vibrait de lumière aussi, et Jon aperçut le point blanc de Vénus, qui brillait seul comme un phare.

Ensemble ils s'assirent sur le rebord de la montagne et ils regardèrent le ciel. Il n'y avait pas un soufle de vent, pas un bruit, pas un mouvement. Jon sentit l'espace entrer en lui et gonfler son corps, comme s'il retenait sa respiration. L'enfant ne parlait pas. Il était immobile, le buste droit, la tête un peu en arrière, et il regardait le centre du ciel.

Une à une, les étoiles s'allumèrent, écartant leurs huit rayons aigus. Jon sentit à nouveau la pulsation régulière dans sa poitrine et dans les artères de son cou, car cela venait du centre du ciel à travers lui et résonnait dans toute la montagne. La lumière du jour battait aussi, tout près de l'horizon, répondant aux palpitations du ciel nocturne. Les deux couleurs, l'une sombre et profonde, l'autre claire et chaude, étaient unies au zénith, et bougeaient d'un même mouvement de balancier.

Jon recula sur la pierre, et il se coucha sur le dos, les yeux ouverts. Maintenant il entendait avec netteté le bruit, le grand bruit qui venait de tous les coins de l'espace et se réunissait au-dessus de lui. Ce n'étaient pas des paroles, ni même de la musique, et pourtant il lui semblait qu'il comprenait ce que cela voulait dire, comme des mots, comme des phrases de chanson. Il entendait la mer, le ciel, le soleil, la vallée qui criaient comme des animaux. Il entendait les sons lourds prisonniers des gouffres, les murmures cachés au fond des puits, au fond des failles. Quelque part venu du nord, le bruit continu et lisse des glaciers, le froissement qui avance et grince sur le socle des pierres. La vapeur fusait des solfatares, en jetant des cris aigus, et les hautes flammes du soleil ronflaient comme des forges. Partout, l'eau glissait, la boue faisait éclater des nuages de bulles, les graines dures se fendaient et germaient sous la terre. Il y avait les vibrations des racines, le goutte-à-goutte

71

de la sève dans les troncs des arbres, le chant éolien des herbes coupantes. Puis venaient d'autres bruits encore, que Jon connaissait mieux, les moteurs des camionnettes et des pompes, les cliquetis des chaînes de métal, les scies électriques, les martèlements des pistons, les sirènes des navires. Un avion déchirait l'air avec ses quatre turboréacteurs, loin au-dessus de l'Océan. Une voix d'homme parlait, quelque part dans une salle d'école, mais était-ce bien un homme ? C'était un chant d'insecte, plutôt, qui se transformait en chuintement grave, en borborygme, ou bien qui se divisait en sifflements stridents. Les ailes des oiseaux de mer ronronnaient au-dessus des falaises, les mouettes et les goélands piaulaient. Tous les bruits emportaient Jon, son corps flottait au-dessus de la dalle de lave, glissait comme sur un radeau de mousse, tournait dans d'invisibles remous, tandis que dans le ciel, à la limite du jour et de la nuit, les étoiles brillaient de leur éclat fixe.

Jon resta longtemps, comme cela, à la renverse, regardant et écoutant. Puis les bruits s'éloignèrent, s'affaiblirent, l'un après l'autre. Les coups de son cœur devinrent plus doux, plus réguliers, et la lumière se voila d'une taie grise.

Jon se tourna sur le côté et regarda son compagnon. Sur la dalle noire, l'enfant était couché en chien de fusil, la tête appuyée sur son bras. Sa poitrine se soulevait lentement, et Jon comprit qu'il s'était endormi. Alors il ferma les yeux lui aussi, et il attendit son sommeil.

Jon se réveilla quand le soleil apparut au-dessus de l'horizon. Il s'assit et regarda autour de lui, sans comprendre. L'enfant n'était plus là. Il n'y avait que l'étendue de la lave noire, et, à perte de vue, la vallée où les premières ombres commençaient à se dessiner. Le vent soufflait de nouveau, balayait l'espace. Jon se mit debout, et il chercha son compagnon. Il suivit la pente de lave jusqu'aux cuvettes. Dans le réservoir, l'eau était couleur de métal, ridée par les rafales du vent. Dans son trou couvert de mousse et de lichen, le vieil arbuste desséché vibrait et tremblotait. Sur la dalle, le caillou en forme de montagne était toujours à la même place. Alors Jon resta debout un instant au sommet de la montagne, et il appela plusieurs fois, mais pas même un écho ne répondait :

« Ohé ! »

« Ohé ! »

Quand il comprit qu'il ne retrouverait pas son ami, Jon ressentit une telle solitude qu'il eut mal au centre de son corps, à la manière d'un point de côté. Il commença à descendre la montagne, le plus vite qu'il put, en sautant par-dessus les roches. Avec hâte, il chercha la faille où se trouvait l'escalier géant. Il glissa sur les grandes pierres mouillées, il descendit vers la vallée, sans se retourner. La belle lumière grandissait dans le ciel, et il faisait jour quand il arriva en bas.

Puis il se mit à courir sur la mousse, et ses pieds rebondissaient et le poussaient en avant encore plus vite. Il franchit d'un bond le ruisseau couleur de ciel, sans regarder les radeaux de mousse qui des-

cendaient en tournant dans les remous. Pas très loin, il vit un troupeau de moutons qui détalait en bêlant, et il comprit qu'il était à nouveau dans le territoire des hommes. Près du chemin de terre, sa belle bicyclette neuve l'attendait, son guidon chromé couvert de gouttes d'eau. Jon enfourcha la bicyclette, et il commença à rouler sur le chemin de terre, toujours plus bas. Il ne pensait pas, il pédalait le long du chemin de terre. Quand il arriva à la ferme, Jon posa la bicyclette contre le mur, et il entra sans faire de bruit, pour ne pas réveiller son père et sa mère qui dormaient encore.

FOLIO JUNIOR ÉDITION SPÉCIALE

J.M.G. Le Clézio

Celui qui n'avait jamais vu la mer

suivi de

La montagne du dieu vivant

Supplément réalisé par
Christian Biet,
Jean-Paul Brighelli,
et Jean-Luc Rispail

Illustrations de Morgan

SOMMAIRE

LES ESPACES INFINIS VOUS ATTIRENT-ILS ?

1. AU FIL DU TEXTE

CELUI QUI N'AVAIT JAMAIS VU LA MER (p. 81)

Avez-vous bien lu l'aventure de Daniel ?
Les portraits de Daniel
« Tiens ! Daniel est parti ! »
Vive la liberté !
L'ami poulpe
Une mer animée
Qui parle ?

LA MONTAGNE DU DIEU VIVANT (p. 87)

Avez-vous bien lu ce récit ?
Failles, fissures et fêlures
« C'était comme un château sombre... »
Rêvez vos propres nuages
Solitude
La musique adoucit les mœurs
Une rencontre inattendue
Étrange, étrange, étrange...

2. JEUX ET APPLICATIONS (p. 93)

Les étoiles
Au-dessous du niveau de la mer
Mer ouverte ou fermée
Qu'y a-t-il sous les vagues ?
Montagne en escalier

3. LA SOLITUDE DANS LA LITTÉRATURE (p. 98)

Les Rêveries du promeneur solitaire, Jean-Jacques Rousseau
L'Enfant, Jules Vallès
L'Isolement, Alphonse de Lamartine
Le Sentier des nids d'araignée, Italo Calvino
Agostino, Alberto Moravia

4. SOLUTIONS DES JEUX (p. 105)

ET TOUT D'ABORD, UN TEST !

LES ESPACES INFINIS VOUS ATTIRENT-ILS ?

Comme Daniel et Jon, les héros de ces deux récits, êtes-vous attiré par l'immensité de la mer et la splendeur des montagnes ? Ou bien redoutez-vous plutôt ces espaces infinis et la vie solitaire qu'on y mène ? Répondez à ces questions en cochant la réponse qui vous convient le mieux. Faites le compte des □, △, ○ obtenus et reportez-vous à la page des solutions.

1. *Lors d'une promenade familiale en forêt, vous préférez :*
A. Rester sagement au sein du groupe △
B. Courir devant pour guider le groupe □
C. Rester en arrière dans l'espoir qu'on vous oublie ○

2. *Pour vous, c'est une question essentielle de savoir :*
A. Ce qui se trouve au-delà de l'horizon ○
B. Comment prévoir les inondations △
C. Comment les hommes ont pu vivre dans des cavernes □

3. *Quand vous serez grand, la première chose que vous ferez sera :*
A. D'acheter une maison de campagne △
B. De faire une expédition au pôle Nord □
C. De partir à l'aventure ○

4. *Le meilleur ami de l'homme, c'est :*
A. L'homme □
B. La nature ○
C. Le chien △

5. *Le bonheur réside plutôt dans le fait de savoir :*
A. Explorer l'inconnu ○
B. « Cultiver son jardin » △
C. Vivre au jour le jour □

ET TOUT D'ABORD, UN TEST !

6. *Vous aimeriez vous sentir :*
A. Libre comme un oiseau ○
B. Heureux comme un poisson dans l'eau □
C. Comme un coq en pâte △

7. *En voyage, vous pensez à emporter :*
A. Une carte détaillée et une boussole △
B. Une bonne paire de jumelles ○
C. Des carnets de croquis □

8. *Découvrir le monde, c'est :*
A. Partir pour un pays lointain ○
B. Visiter le palais de la Découverte △
C. Passer trois mois sur un chalutier avec des marins-pêcheurs □

9. *Le pire des maux, c'est :*
A. La solitude △
B. L'absence de liberté ○
C. Le froid et la faim □

10. *Qu'est-ce qui représente le mieux les espaces infinis :*
A. Le ciel ○
B. Les océans □
C. Les déserts △

11. *Vous auriez aimé mener la vie exaltante de :*
A. Robinson Crusoé ○
B. Marco Polo □
C. Louis Pasteur △

12. *Vous n'aimez pas vous endormir :*
A. Lorsque vous êtes tout seul △
B. Lorsqu'il fait trop noir ○
C. Lorsqu'il y a trop de bruit □

Solutions page 105

1
AU FIL DU TEXTE

CELUI QUI N'AVAIT JAMAIS VU LA MER

Avez-vous bien lu l'aventure de Daniel ?

Pour le savoir, répondez à ces questions sans regarder le texte, puis reportez-vous à la page des solutions pour évaluer la qualité de votre lecture.

1. *A quel héros des « Mille et Une Nuits » Daniel s'identifie-t-il ?*
A. Sindbad
B. Shéhérazade
C. Ali Baba

2. *Quel bagage Daniel emporte-t-il ?*
A. Une valise verte
B. Un sac à dos rouge
C. Un sac de plage bleu marine

3. *Daniel arrive à destination, près de la mer :*
A. Le matin
B. La nuit
C. Au coucher du soleil

4. *Que se dit Daniel lorsqu'il est est face à la mer ?*
A. « La mer ! La mer ! »
B. « Je t'aime, la mer ! »
C. « Je te salue, vieil Océan ! »

5. *Lorsqu'il a soif, il boit :*
A. L'eau de sa gourde
B. De l'eau de mer
C. De l'eau de pluie

6. *Il dort :*
A. Dans une cabane abandonnée
B. Dans une grotte
C. Sur le sable

7. *L'ami de Daniel est :*
A. Un crabe
B. Un poulpe
C. Un poisson

8. *Le nom de cet ami est :*
A. Wiatt
B. What
C. Watt

9. *A marée très basse, la mer semble se retirer :*
A. Dans une grotte, au milieu de l'océan
B. Dans les entrailles d'un monstre marin
C. Par un trou qui communique avec le centre de la terre

10. *Le sel, lorsqu'il ronge le corps de Daniel et lorsqu'il crisse, ressemble :*
A. A une poussière de verre
B. A une pincée de poivre gris
C. A des étincelles de feu

11. *Pour manger, il prend :*
A. Des crevettes
B. Des oiseaux marins
C. Des patelles

12. *L'encre que jette le poulpe pour protéger sa fuite ressemble :*
A. A un jet de lumière noire
B. A un drôle de nuage gris-bleu
C. A un masque de mardi gras

13. *Daniel imite le rugissement des vagues en criant :*
A. « Splatch ! splatch ! »
B. « Vroum ! vroum ! »
C. « Ram ! Ram ! »

14. *Daniel traverse les lacs troubles que forme la marée montante :*
A. A la nage
B. En marchant
C. En courant

15. *Daniel arrête la mer qui monte toujours :*
A. En lui criant l'ordre de redescendre
B. En priant
C. En la regardant

16. *Après la montée de la mer, Daniel s'endort :*
A. Dans la paix étale
B. Sur un tas d'algues
C. Sur un dépôt de coquillages

17. *On imagine que Daniel s'est embarqué sur :*
A. Un pétrolier
B. Un chalutier
C. Un cargo

18. *Quelle question se posent ses camarades pour se rappeler Daniel :*
A. « Tu crois qu'il est là-bas ? »
B. « Tu sais où il est ? »
C. « Tu crois qu'il est en Chine ou en Amérique ? »

19. *Quel type de pacte les camarades de Daniel ont-ils conclu avec lui sans le savoir ?*
A. Le pacte de s'entraider
B. Le pacte de ne jamais rien dire sur lui, même entre eux
C. Une alliance de secret et de silence

20. *Le mouvement des vagues est comparé à :*
A. La danse du sel
B. La danse du sable
C. La danse des algues

Solutions page 105

AU FIL DU TEXTE

Les portraits de Daniel

1. En relisant les toutes premières pages de la nouvelle, en reprenant quelques expressions et, selon votre imagination, en ajoutant d'autres éléments, faites le portrait physique et moral de Daniel. Vous pouvez reprendre dans votre propre texte des phrases ou des morceaux de phrase empruntés à l'auteur, mais votre lecteur ne devra pas sentir de décalage dans le style...
Quelle forme a son visage ? de quelle couleur sont ses yeux ? quelle conduite adopte-t-il face aux autres ou dans sa propre classe ?

2. L'auteur précise que Daniel avait un visage « en lame de couteau ». (p. 11) Précisez le sens de cette expression. On dit aussi d'un menton qu'il est « en galoche » pour indiquer qu'il est relevé en avant.
Complétez le portrait de Daniel en utilisant une expression que vous connaissez, ou bien en en imaginant une de votre cru, pour caractériser son nez, ses oreilles, sa bouche.

« Tiens ! Daniel est parti ! »
(p. 12)

Il est parti, mais « il avait tout préparé dans sa tête, en se souvenant des routes et des cartes, et des noms des villes qu'il allait traverser. » (p. 12) Êtes-vous aussi prévoyant et méticuleux ?

1. Prenez une carte de France ou d'Europe et organisez, vous aussi, votre voyage vers la mer.
- Imaginez le parcours et les étapes en fonction des noms qui vous font rêver.
- Décrivez, en les imaginant, les lieux, les obstacles possibles, les étapes ou les moments de repos.
- Comment irez-vous d'un point à un autre ? par quel moyen de transport : train, bateau, avion, voiture, dos de chameau ou d'éléphant... ?
- En tenant compte de tous ces éléments, vous établirez une « feuille de route » pour vous guider, puis vous rédigerez un journal fictif, en quelques pages, racontant votre voyage.

Vive la liberté !

Par deux fois l'auteur insiste sur la sensation de liberté qu'éprouve l'enfant : « Maintenant, il était libre, et il avait froid. » (p. 14) Et plus loin : « Il n'y avait personne ici, personne d'autre que la mer, et Daniel était libre. » (p. 23)

1. En quoi consiste la liberté dont jouit ici le héros de cette nouvelle ? En quelle occasion avez-vous éprouvé la sensation d'être libre ? Racontez cet épisode et précisez de quoi vous vous êtes senti libéré.

2. Dans son très beau sonnet *L'Homme et la mer*, Charles Baudelaire écrit : « Homme libre, toujours tu chériras la mer. » Tout comme J. M. G. Le Clézio, il associe donc la mer à l'idée de liberté. Pourquoi, à votre avis, la mer suggère-t-elle cette idée ? Que suggèrent pour vous une immensité désertique, la voûte céleste, une forêt profonde, une chaîne de montagnes enneigées ?

L'ami poulpe
(p. 27-30)

Il s'agit là d'un ami tout à fait insolite pour un être humain, le poulpe étant ordinairement considéré comme un animal plutôt répugnant. Mais Daniel « lui posait des questions sur ce qui se passe au fond de la mer, sur ce qu'on voit quand on est en dessous des vagues. » (p. 27)
Wiatt, l'ami poulpe, ne répond jamais.

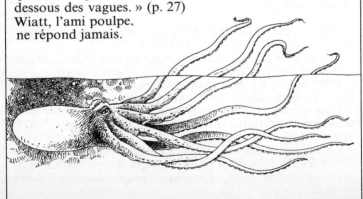

AU FIL DU TEXTE

1. Cependant, puisque la lecture d'un livre autorise toutes les rêveries, imaginez le dialogue entre Daniel et son ami : quelles questions précises poserait-il ? Quelles réponses obtiendrait-il ?

2. En dépit de l'amitié qu'il noue avec cet animal étrange, vint un moment où Daniel « sentit aussi la solitude. » (p. 30)
Relisez cette page et notez les sentiments qui accompagnent cette sensation de solitude : Daniel a-t-il peur ? est-il inquiet ? désespéré ?

3. La solitude est un état ambivalent : c'est un bien-être qui entraîne un soulagement lorsqu'on est las d'être entouré d'autres personnes. Mais ce peut être aussi un état de souffrance, de malaise, si l'on est seul au moment où l'on souhaiterait être entouré.
Décrivez ce qui se passe en vous lorsque la solitude vous est agréable.

Une mer animée

On pourrait presque dire de la mer qu'elle est le personnage principal de cette nouvelle, tant son rôle est important. Lorsqu'il parle de la mer, l'auteur cherche à la décrire comme un tout, mais doit bien se contenter d'en saisir les parties qu'il décrit tour à tour.

1. Énumérez ces formes et ces objets qui véritablement composent la mer : éléments qui forment l'eau, éléments qui sont dans l'eau. (Voir particulièrement la page 25.)

2. Quand vous aurez noté ces éléments, vous relèverez les termes qui représentent le mouvement (le vent qui souffle) et l'éclairage (le soleil, la lumière).

3. Relevez ce qui est dit dans ce texte sur les bruits de la mer, puis complétez cette liste avec les bruits que vous associez vous-même à la mer. A partir de la liste ainsi obtenue, faites une description des sons qu'évoque la mer en commençant par cette phrase : « Soudain, il entendait le bruit des vagues... »

4. Quels sont les moments de la nouvelle où Daniel cherche à dompter la mer, à lui donner des ordres ? Que se passe-t-il alors ? Faites le récit d'une tentative semblable que vous effectueriez sur d'autres éléments naturels (volcan, feu, tremblement de terre, etc.).

5. Dans cette nouvelle, la mer est vue du rivage. Comment vous représentez-vous la haute mer ? Faites-en une description imagée.

6. En imaginant que la mer ne se soit pas arrêtée ce jour-là, et qu'elle ait continué à monter jusqu'à submerger une grande partie de la surface du globe, comme un déluge, faites le récit de cette montée inexorable des eaux, en montrant les différentes attitudes des hommes (peur, effroi, moyens pour échapper à la mort, etc.).

Qui parle ?

En relisant l'ensemble de la nouvelle, vous chercherez à comprendre qui est celui qui raconte cette histoire.
- Au début du texte (jusqu'au milieu de la page 14), c'est assez facile.
- Mais ensuite ? La fin du premier paragraphe (« cela nous a fait rêver... un rêve secret et envoûtant qui n'est pas encore terminé ») peut vous mettre sur la voie...
- A partir du bas de la page 35, à quel narrateur revient-on ? Que peut-on supposer du récit des pages 14 à 35 ?

AU FIL DU TEXTE

87

LA MONTAGNE DU DIEU VIVANT

Avez-vous bien lu ce récit ?

Répondez aux questions suivantes sans regarder le texte, puis reportez-vous aux solutions pour savoir si vous avez lu l'histoire de Jon avec suffisamment d'attention.

1. *Quel est le nom du mont que Jon gravit ?*
A. Bradamadur
B. Reydarbarmur
C. Roboradur

2. *Le mont domine :*
A. Un pays de steppes
B. Un pays de vallées
C. Un pays de plaines

3. *Jon se dénude :*
A. Pour se rouler
dans un champ
de mousse
B. Pour se baigner
dans le ruisseau
C. Pour s'exposer au soleil

4. *Jon entre « dans »
la montagne :*
A. Par une large faille
qui sépare un rocher
noir
B. Par une fissure qui
le mène dans une grotte
C. En suivant un ruisseau
qui s'enfonce dans
la montagne

5. *Par quel élément Jon
pense-t-il avoir été appelé,
lorsqu'il était au bas de la
montagne ?*
A. La lumière du ciel
B. Le son du vent
C. Le bruit des vagues

6. *Avant de montrer le ciel à
Jon, l'enfant lui offre :*
A. De l'eau
B. Du chocolat
C. Des herbes magiques

7. *Le sommet de la montagne
se présente comme :*
A. Un pic enneigé
B. Un plateau de lave
C. Une plate-forme étroite

8. *Appuyé sur les coudes, en
haut de la montagne, Jon
regarde :*
A. Les oiseaux
B. Un avion
C. Les nuages

9. *Lorsqu'il est au sommet de
la montagne, Jon cherche à
prendre :*
A. Un morceau de bois
B. Un bijou oublié là
C. Un bloc de lave noire

10. *Quel instrument de
musique Jon sort-il de sa
poche ?*
A. Un harmonica
B. Une flûte de Pan
C. Une guimbarde

11. *Par la voix de son
instrument, Jon dit :*
A. « Bonjour mon ami ! »
B. « Qui es-tu ? »
C. « Où habites-tu ? »

88   **AU FIL DU TEXTE**

12. *Au centre de la plaine de lave, il y a :*
A. Un cratère
B. Un trou qui mène aux enfers
C. Trois cuvettes creusées dans la pierre

13. *Pour dormir, l'enfant est couché :*
A. Sur le dos
B. En chien de fusil
C. Sur le ventre

14. *Lorsqu'il comprend qu'il ne retrouvera plus son ami, Jon ressent :*
A. De l'amertume
B. De la solitude
C. De la perplexité

15. *A quoi Jon reconnaît-il qu'il est de nouveau dans le « territoire des hommes » ?*
A. Il croise un chien
B. Il rencontre un voisin
C. Il voit un troupeau de moutons

Solutions page 106

Failles, fissures et fêlures

En plus des comparaisons, l'auteur accumule une infinité de détails qui lui permettent de décrire avec une extrême précision le paysage. C'est ainsi qu'il note la présence de failles, d'entailles, de fissures, de fêlures, de rainures.

1. Relisez ces passages (p. 50-59) pour retrouver à quoi s'appliquent ces divers types de fente ou d'ouverture.

2. Voici cinq autres sortes d'entaille : une lézarde, une éraflure, une strie, une crevasse, un sillon. A quoi attribueriez-vous chacune d'elles ?

3. Avec tout autant de minutie, le narrateur décrit les bruits, la lumière et même les insectes qu'il rencontre au cours de son ascension.

A votre tour, racontez en quelques lignes votre descente, vécue ou imaginée, dans une grotte profonde, humide, où règne une quasi-obscurité. Vous évoquerez notamment :
- les difficultés que vous rencontrez pour avancer, tantôt courbé, tantôt à plat ventre
- les bruits que vous percevez
- les différentes lumières qui filtrent parfois
- les « êtres vivants » qui peuplent l'endroit
- vos sensations : froid, peur, inquiétude, joie, espoir, découragement, etc.

AU FIL DU TEXTE

« C'était comme un château sombre... »

Dans le récit précédent, l'enfant entrait en contact étroit avec la mer. Dans celui-ci, le jeune Jon escalade une montagne et cette ascension s'accompagne de descriptions détaillées de la nature et des impressions de l'enfant. Un des procédés poétiques les plus utilisés par l'auteur est la comparaison, tout naturellement introduite par : comme, comme si, tel, pareil à...

1. Essayez de retrouver, sans vous reporter au livre, les comparaisons qui suivent les propositions ci-dessous. Si vous n'y parvenez pas, complétez vous-même ces phrases par des comparaisons que vous inventerez :
A. Elle (la lumière) sortait tout d'un bloc de la plaine de basalte comme... (p. 47)
B. Elle (la lumière) brûlait et pénétrait les pores comme... (p. 49)
C. Les oreilles bruissaient comme s'il... (p. 49)
D. Le ruisseau brillait pareil à... (p. 51)
E. Il (Jon) montait à petits pas, zigzaguant comme... (p. 52)

2. Inversement, retrouvez de qui ou de quoi l'auteur parle dans les propositions suivantes et, si vous n'y parvenez pas, cherchez ce qui conviendrait le mieux à ces comparaisons :
F. ...... devenaient lents comme ceux d'un nageur. (p. 54)
G. ...... rampaient, tels des serpents de feu. (p. 56)
H. ...... dentelée comme les marches de l'escalier géant qu'il avait escaladé. (p. 59)
I. ...... vibrait sous ses doigts comme une peau. (p. 59)
J. ...... se dilataient, gonflés d'électricité, phosphorescents comme ceux qui glissent autour de la pleine lune. (p. 61)

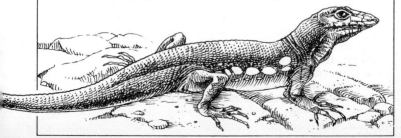

Rêvez vos propres nuages

1. Relisez la description de la page 57, et, en regardant les nuages qui sont peut-être au-dessus de vous (regardez par la fenêtre !) ou en vous rappelant des scènes analogues, associez librement les formes des nuages à des formes plus connues.

2. A partir de cette association, construisez une histoire, en vous fiant à la transformation des nuages, par exemple, « un énorme chien gris étend ses membres immenses sur les montagnes, des chats velus sont à ses trousses et s'éparpillent autour de lui dans un scintillement pailleté de gouttelettes... »

Solitude

1. « ... Jon ressentit une telle solitude qu'il eut mal au centre de son corps... » (p. 73) Comparez cette solitude avec celle évoquée dans la première nouvelle (p. 30).
- Qu'ont-elles de différent ?
- D'où provient la souffrance de Jon ?

2. La solitude constitue ce que l'on appelle un « thème romantique » parce que les écrivains romantiques du XIXᵉ siècle, notamment les poètes, ont beaucoup parlé de la solitude comme d'un état douloureux.
- A votre tour, racontez un moment de votre vie où vous avez souffert de la solitude. Si cela ne s'est jamais présenté, ou si ce thème ne vous attire pas, évoquez la solitude d'un prisonnier isolé dans sa cellule.

La musique adoucit les mœurs

En relevant tous les bruits cités ou une partie d'entre eux, écrivez une chanson pour Jon sur les sons de la terre tels qu'il les perçoit du haut de la montagne.
Pour ce faire :
- vous prendrez l'air de la chanson que vous aimez ou que vous connaissez le mieux ;
- si vous vous en sentez capable, et si la chanson en comporte, imitez les rimes et composez des couplets, avec refrain si possible.

AU FIL DU TEXTE

Une rencontre inattendue
(p. 61-75)

La seconde moitié de ce récit est consacrée à la rencontre de Jon avec l'enfant qui ne veut pas dire son nom.

1. Cette rencontre vous paraît-elle étrange ou tout à fait normale ? Justifiez votre point de vue en quelques lignes.
- Pourquoi l'enfant refuse-t-il de dire son nom ?
- Pourquoi dit-il que tout ici est à lui ? Lui donnez-vous raison ou bien approuvez-vous la position de Jon, qui réplique : « Ça n'appartient à personne » ?
- Pourquoi Jon n'ose-t-il pas dire ce qu'il pense au sujet de la peur ? (p. 64) Considérez-vous, comme lui, que l'enfant parle comme s'il était « très vieux » ? (p. 65)

2. La guimbarde est en quelque sorte l'objet magique qui fera naître l'amitié entre les deux enfants.
- Sauriez-vous dessiner cet instrument très rudimentaire mais dont les possibilités sont étonnantes ?
- Connaissez-vous les autres sens de ce mot ? Que sont une vieille guimbarde, la guimbarde du sculpteur ?
- Après la leçon de musique, l'enfant, précise l'auteur, « n'avait plus du tout de méfiance ». (p. 68) Pourquoi en a-t-il eu au début ? De quoi a-t-il bien pu se méfier ?

3. Jon « ne savait pourquoi, mais il n'avait jamais ressenti un tel bonheur auparavant. » (p. 69)
- Et vous, savez-vous pourquoi ? Quelles hypothèses pouvez-vous émettre ?
- Décrivez une circonstance à l'occasion de laquelle vous avez éprouvé, comme Jon, une forte sensation de bonheur.

Étrange, étrange, étrange...

Vous savez, bien sûr, ce que signifie « étrange », et c'est une chance car ce mot revient comme un leitmotiv dans ce récit : « C'était une lumière étrange... » (p. 48), « ... Jon sentit l'étrange regard qui l'entourait. » (p. 51), « C'était une ivresse étrange... » (p. 59), « ... elle sortait peut-être des yeux de l'étrange berger... » (p. 65)

1. Reportez-vous au texte pour remplacer chaque fois le mot « étrange », soit par un synonyme, soit par un adjectif se rapportant le mieux aux mots lumière, regard, ivresse, berger.

2. Évoquez en quelques lignes une situation dans laquelle vous aurez ressenti une forte impression d'étrangeté, suivie d'une grande peur, d'une grande surprise ou d'un grand éclat de rire.

3. Trouvez, pour le mot « étrange », quatre ou cinq antonymes, c'est-à-dire quatre ou cinq mots signifiant le contraire, comme « banal ». Trouvez également deux ou trois mots de la même famille et employez-les chacun dans une phrase.

2
JEUX ET APPLICATIONS
Les étoiles

Comme Jon, vous regardez le ciel d'été. Vous êtes tourné vers le sud et vous vous demandez à quoi peuvent bien correspondre ces constellations...
Il vous suffit, pour ce jeu, d'attribuer aux numéros notés sur le dessin les noms que nous vous donnons.

        A. Ophiucius   D. La Couronne
        B. La Lyre   E. La Vierge
        C. Hercule   F. Le Bouvier

Solutions page 106

Au-dessous du niveau de la mer

Ces deux grilles prennent pour point de départ (horizontalement) le nom d'une mer et d'un océan qui bordent notre territoire. Complétez ces grilles en fonction des définitions qui vous sont données. (Pour les noms composés, les traits d'union ne sont pas comptés.)

Horizontalement : mer
Verticalement
 1. Ce héros fut enfermé au château d'If
 2. Il s'y est jeté de désespoir, en voyant une certaine voile noire
 3. Ile dédiée à Apollon
 4. Mer de Corfou
 5. Le grand port du Nord de la Grèce
 6. Héros troyen devenu romain
 7. La plus orientale des îles grecques
 8. Mer voisine, de l'autre côté du canal de Suez
 9. Entre l'Italie et la Yougoslavie
10. Dieu romain qui la commande
11. Patrie des pharaons
12. Dieu des vents

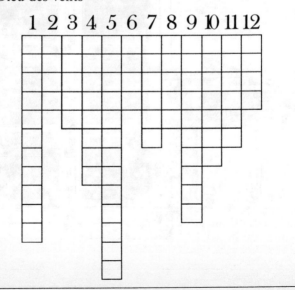

JEUX ET APPLICATIONS

Horizontalement : océan
Verticalement
1. Pays des gauchos
2. Port sur le détroit de Gibraltar
3. Port principal du Nigéria
4. Au nord de l'Afrique du Sud
5. Pays des fjords
6. Ile froide et canadienne
7. Ile froide et indépendante, patrie des geysers
8. Presqu'île du sud de la Bretagne
9. Sigle d'un grand pays qui borde cet océan
10. Autre nom du même pays

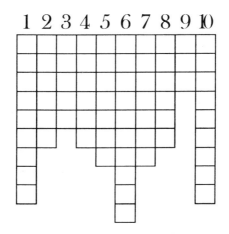

Solutions page 107

Mer ouverte ou fermée

Parmi toutes ces mers, deux seulement sont entourées de terre de toutes parts, lesquelles ?
- la mer Égée
- la mer Morte
- la mer Baltique
- la mer du Nord
- la mer Caspienne
- la mer Noire

Solutions page 107

Qu'y a-t-il sous les vagues ?

Quel mot se cache sous ces cinq vagues ? Pour le savoir, il faut noter sur chacune d'elles le nom des mers qui correspondent à ces définitions...

1. La première vague appartient à une mer qui va de Vladivostok à Fukui
2. La deuxième vague, à une mer qui va de Stockholm à Gdansk
3. La troisième, à une mer qui va de T'ien-Tsin à Séoul
4. La quatrième, à une mer qui va de Thessalonique à Izmir
5. La cinquième, à une mer qui va de Hong-Kong à Manille

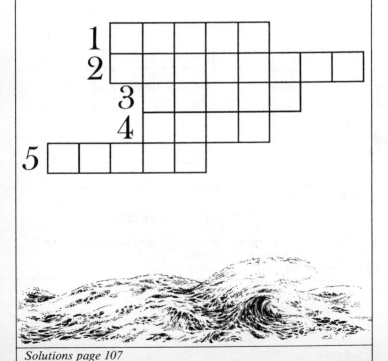

Solutions page 107

JEUX ET APPLICATIONS 97

Montagne en escalier

Telles les marches de « l'escalier géant » qu'escalade Jon, voici des mots en escaliers.

1. Partez du mot « montagne » auquel vous ôtez une lettre pour trouver le mot correspondant à la première définition. Puis, ôtez une lettre au mot ainsi obtenu pour trouver celui de la deuxième définition et ainsi de suite jusqu'à « A ».

1. Se nourrissent
2. Avancent dans l'eau
3. Le plus grand des êtres
4. Le plus doux des êtres
5. La plus têtue des bêtes
6. En bref, l'année

2. Écrivez à présent un récit farfelu, avec pour seule contrainte celle d'utiliser les mots que vous aurez trouvés pour les degrés de cet escalier.

Solutions page 107

3
LA SOLITUDE
DANS LA LITTÉRATURE
Les Rêveries du promeneur solitaire

Jean-Jacques Rousseau est un précurseur du romantisme car il a le premier, au XVIIIᵉ siècle, exalté la communion avec la nature comme refuge bienfaisant pour l'homme solitaire. Dans ce passage, il se trouve au bord d'un lac, seul et rêveur.

« Quand le lac agité ne me permettait pas la navigation, je passais mon après-midi à parcourir l'île, en herborisant à droite et à gauche, m'asseyant tantôt dans les réduits les plus riants et les plus solitaires pour y rêver à mon aise, tantôt sur les terrasses et les tertres, pour parcourir des yeux le superbe et ravissant coup d'œil du lac et de ses rivages, couronnés d'un côté par des montagnes prochaines, et de l'autre élargis en riches et fertiles plaines, dans lesquelles la vue s'étendait jusqu'aux montagnes bleuâtres, plus éloignées, qui la bornaient.

Quand le soir approchait, je descendais des cimes de l'île, et j'allais volontiers m'asseoir au bord du lac, sur la grève, dans quelque asile caché ; là, le bruit des vagues et l'agitation de l'eau, fixant mes sens et chassant de mon âme toute autre agitation, la plongeaient dans une rêverie délicieuse, où la nuit me surprenait souvent sans que je m'en fusse aperçu. Le flux et reflux de cette eau, son bruit continu, mais renflé par intervalles, frappant sans relâche mon oreille et mes yeux, suppléaient aux mouvements internes que la rêverie éteignait en moi, et suffisaient pour me faire sentir avec plaisir mon existence, sans prendre la peine de penser. De temps à autre naissait quelque faible et courte réflexion sur l'instabilité des choses de ce monde dont la surface des eaux m'offrait l'image ; mais bientôt ces impressions légères s'effaçaient dans l'uniformité du mouvement continu qui me berçait, et qui, sans aucun concours actif de mon âme, ne laissait pas de m'attacher au point qu'appelé par l'heure et par le signal convenu, je ne pouvais m'arracher de là sans efforts...

De quoi jouit-on dans une pareille situation ? De rien

d'extérieur à soi, de rien sinon de soi-même et de sa propre existence ; tant que cet état dure, on se suffit à soi-même, comme Dieu. Le sentiment de l'existence dépouillé de toute autre affection est par lui-même un sentiment précieux de contentement et de paix, qui suffirait seul pour rendre cette existence chère et douce à qui saurait écarter de soi toutes les impressions sensuelles et terrestres qui viennent sans cesse nous en distraire, et en troubler ici-bas la douceur. Mais la plupart des hommes, agités de passions continuelles, connaissent peu cet état, et, ne l'ayant goûté qu'imparfaitement durant peu d'instants, n'en conservent qu'une idée obscure et confuse, qui ne leur en fait pas sentir le charme. Il ne serait pas même bon, dans la présente constitution des choses, qu'avides de ces douces extases, ils s'y dégoûtassent de la vie active dont leurs besoins toujours renaissants leur prescrivent le devoir. Mais un infortuné qu'on a retranché de la société humaine, et qui ne peut plus rien faire ici-bas d'utile et de bon pour autrui ni pour soi, peut trouver, dans cet état, à toutes les félicités humaines des dédommagements que la fortune et les hommes ne lui sauraient ôter. »

Jean-Jacques Rousseau,
Les Rêveries du promeneur solitaire

L'Enfant

Ce journaliste français, qui fut condamné à mort après l'insurrection de la Commune (1871), ne dut son salut qu'à l'exil. Il a raconté sa vie dans une trilogie dont L'Enfant *est la première partie. A dix ans, il passe ses vacances dans une ferme, à la campagne, où il ne connaît personne.*

« Les premiers moments ont été tristes.

Le cimetière est près de l'église, et il n'y a pas d'enfants pour jouer avec moi ; il souffle un vent dur qui rase la terre avec colère, parce qu'il ne trouve pas à se loger dans le feuillage des grands arbres. Je ne vois que des sapins maigres, longs comme des mâts, et la montagne apparaît là-bas, nue et pelée comme le dos décharné d'un éléphant.

C'est vide, vide, avec seulement des bœufs couchés, ou des chevaux plantés debout dans les prairies !

Il y a des chemins aux pierres grises comme des coquilles de pèlerins, et des rivières qui ont les bords rougeâtres, comme s'il y avait eu du sang ; l'herbe est sombre.

Mais, peu à peu, cet air cru des montagnes fouette mon sang et me fait passer des frissons sur la peau.

J'ouvre la bouche toute grande pour le boire, j'écarte ma chemise pour qu'il me batte la poitrine.

Est-ce drôle ? Je me sens, quand il m'a baigné, le regard si pur et la tête si claire !...

C'est que je sors du pays du charbon avec ses usines aux pieds sales, ses fourneaux au dos triste, les rouleaux de fumée, la crasse des mines, un horizon à couper au couteau, à nettoyer à coups de balai...

Ici le ciel est clair, et s'il monte un peu de fumée, c'est une gaieté dans l'espace, – elle monte comme un encens, du feu de bois mort allumé là-bas par un berger, ou du feu de sarment frais sur lequel un petit vacher souffle dans cette hutte, près de ce bouquet de sapins...

Il y a le vivier, où toute l'eau de la montagne court en moussant, et si froide qu'elle brûle les doigts. Quelques poissons s'y jouent. On a fait un petit grillage pour empêcher qu'ils ne passent. Et je dépense des quarts d'heure à voir bouillonner cette eau, à l'écouter venir, à la regarder s'en aller, en s'écartant comme une jupe blanche sur les pierres !

La rivière est pleine de truites. J'y suis entré une fois jusqu'aux cuisses ; j'ai cru que j'avais les jambes coupées avec une scie de glace. C'est ma joie maintenant d'éprouver ce premier frisson. Puis j'enfonce mes mains dans tous les trous, et je les fouille. Les truites glissent entre mes doigts ; mais le père Regis est là, qui sait les prendre et les jette sur l'herbe, où elles ont l'air de lames d'argent avec des piqûres d'or et de petites taches de sang.

Mon oncle a une vache dans son écurie ; c'est moi qui coupe son herbe à coups de faux. Comme elle siffle dans le gras du pré, cette faux, quand j'en ai aiguisé le fil contre la pierre bleue trempée dans l'eau fraîche !

Quelquefois je sabre un nid ou un nœud de couleuvres. »

Jules Vallès,
L'Enfant

L'Isolement

Pour ce poète romantique du XIXe siècle, les « solitudes si chères » que lui offrait la nature sont devenues source de souffrance après la mort de la femme « qu'il aimait le plus au monde ».

Souvent sur la montagne, à l'ombre du vieux chêne,
Au coucher du soleil, tristement je m'assieds ;
Je promène au hasard mes regards sur la plaine,
Dont le tableau changeant se déroule à mes pieds.

Ici gronde le fleuve aux vagues écumantes ;
Il serpente, et s'enfonce en un lointain obscur ;
Là le lac immobile étend ses eaux dormantes
Où l'étoile du soir se lève dans l'azur.

Au sommet de ces monts couronnés de bois sombres,
Le crépuscule encor jette un dernier rayon ;
Et le char vaporeux de la reine des ombres
Monte, et blanchit déjà les bords de l'horizon.

Cependant, s'élançant de la flèche gothique,
Un son religieux se répand dans les airs :
Le voyageur s'arrête, et la cloche rustique
Aux derniers bruits du jour mêle de saints concerts.

Mais à ces doux tableaux mon âme indifférente
N'éprouve devant eux ni charme ni transports ;
Je contemple la terre ainsi qu'une ombre errante :
Le soleil des vivants n'échauffe plus les morts.

De colline en colline en vain portant ma vue,
Du sud à l'aquilon, de l'aurore au couchant,
Je parcours tous les points de l'immense étendue,
Et je dis : « Nulle part le bonheur ne m'attend. »

Que me font ces vallons, ces palais, ces chaumières,
Vains objets dont pour moi le charme est envolé ?
Fleuves, rochers, forêts, solitudes si chères,
Un seul être vous manque, et tout est dépeuplé !

Que le tour du soleil ou commence ou s'achève,
D'un œil indifférent je le suis dans son cours ;
En un ciel sombre ou pur qu'il se couche ou se lève,
Qu'importe le soleil ? je n'attends rien des jours.

LA SOLITUDE DANS LA LITTÉRATURE

Quand je pourrais le suivre en sa vaste carrière,
Mes yeux verraient partout le vide et les déserts :
Je ne désire rien de tout ce qu'il éclaire ;
Je ne demande rien à l'immense univers.

Mais peut-être au-delà des bornes de sa sphère,
Lieux où le vrai soleil éclaire d'autres cieux,
Si je pouvais laisser ma dépouille à la terre,
Ce que j'ai tant rêvé paraîtrait à mes yeux !

Là, je m'enivrerais à la source où j'aspire ;
Là, je retrouverais et l'espoir et l'amour,
Et ce bien idéal que toute âme désire,
Et qui n'a pas de nom au terrestre séjour !

Que ne puis-je, porté sur le char de l'Aurore,
Vague objet de mes vœux, m'élancer jusqu'à toi !
Sur la terre d'exil pourquoi resté-je encore ?
Il n'est rien de commun entre la terre et moi.

Quand la feuille des bois tombe dans la prairie,
Le vent du soir s'élève et l'arrache aux vallons ;
Et moi, je suis semblable à la feuille flétrie :
Emportez-moi comme elle, orageux aquilons !

Alphonse de Lamartine,
Méditations poétiques

Le Sentier des nids d'araignée

Pino est un enfant d'une douzaine d'années, abandonné de tous et livré à lui-même, au temps de l'occupation allemande en Italie. Pour se faire admettre dans le monde des adultes, il dérobe le revolver d'un officier allemand puis cherche un endroit pour enterrer son trophée.

« Pino sort de derrière le réservoir : le coassement des grenouilles semble naître de l'immense gorge du ciel ; la mer est une grande épée qui luit au fond de la nuit. De se retrouver en plein air lui donne le sentiment étrange d'être tout petit, mais c'est un sentiment qui n'est pas de la peur. Maintenant Pino est seul, seul au monde. Et il chemine à travers les champs d'œillets et de soucis. Il s'efforce de se tenir en haut des pentes des collines pour passer au-dessus de la zone des postes de commandement. Puis il descendra vers le fossé : là, il sera chez lui.

LA SOLITUDE DANS LA LITTÉRATURE 103

Il a faim : c'est la saison où les cerises sont mûres. Voici un cerisier, à l'écart de toute maison : peut-être a-t-il poussé là par enchantement ? Pino grimpe sur ses branches et se met à les dépouiller de leurs fruits avec diligence. Un gros oiseau s'envole presque sous ses mains : il était là qui dormait. Pino, à ce moment, se sent l'ami de tous, et il regrette de l'avoir dérangé.

Quand il sent que sa faim s'est un peu calmée, il remplit ses poches de cerises, descend de l'arbre, et reprend son chemin en crachant des noyaux. Puis il pense que les fascistes peuvent suivre la trace de ces noyaux et le rattraper. Mais personne ne peut être assez malin pour penser à cela, personne, pas un être au monde, sauf Loup Rouge. Eh bien, voilà : Pino laissera derrière lui une traînée de noyaux de cerises et Loup Rouge finira bien par le retrouver, où qu'il soit ! Il suffit de laisser tomber un noyau tous les vingt ans. Bien sûr ! Une fois dépassé ce petit mur, Pino mangera une cerise ; puis une autre près de ce vieux moulin à huile ; une autre après ce néflier : et ainsi de suite jusqu'au sentier des nids d'araignée. Mais il n'a pas encore atteint le fossé que déjà les cerises sont finies : Pino comprend alors que Loup Rouge ne le retrouvera jamais plus.

Pino chemine dans le lit du fossé presque à sec, parmi de grandes pierres blanches et le bruit de papier froissé des roseaux. Des anguilles, aussi longues que le bras, dorment au fond de mares qu'il suffirait de vider de leur eau pour les attraper à la main. (...)

Pino est arrivé à cet endroit qu'il connaît bien : voici le bief, voici le raccourci avec les nids d'araignée. Il reconnaît les pierres ; il regarde si la terre a été remuée : non, on a touché à rien. Il creuse avec ses ongles, en proie à une anxiété quelque peu voulue : en tâtant la gaine du revolver, il se sent doucement ému comme il l'était, tout petit, lorsqu'il touchait de la main un jouet sous son oreiller. Il extrait le revolver de sa gaine et passe le doigt sur ses cannelures pour en enlever la terre. Une petite araignée sort précipitamment du canon où elle avait fait son nid ! »

Italo Calvino,
Le Sentier des nids d'araignée,
traduction de Roland Stragliati,
© Julliard

Agostino

Agostino a quinze ans et se croit brutalement délaissé par sa mère. Au terme d'une dispute avec elle, il s'en va retrouver une bande de jeunes garçons quelque peu vagabonds pour tenter d'échapper à sa solitude. Mais c'est un désir d'évasion qui va naître.

« Berto le regarda et lui dit :
– Qu'est-ce que tu fais ici ?... Pourquoi ne tiens-tu pas compagnie à Saro ?
– J'aime nager, répondit Agostino, navré, en faisant demi-tour pour s'éloigner.

Mais il était moins robuste et moins bon nageur que les autres et bientôt il se laissait porter par le courant du côté de l'embouchure. Bientôt les gamins et leurs clameurs étaient loin derrière lui, les roseaux s'éclaircissaient, l'eau devenait limpide et laissait voir le fond sablonneux où ondulaient des festons gris. (...) La mer l'assaillait avec de menues vagues ourlées d'écume. Des flaques épargnées par le courant reflétaient, çà et là, le ciel étincelant sur le sable immobile et gonflé d'eau.

Tout nu, Agostino se mit à se promener sur ce sable moelleux et miroitant, s'amusant à y enfoncer les pieds avec force et à voir l'eau venir tout de suite noyer ses empreintes. Il éprouvait maintenant un désir vague et désespéré de s'éloigner de la rivière, de suivre la côte en laissant derrière lui les gamins, Saro, sa mère, toute son ancienne vie. A force de marcher droit devant lui sur le sable blanc et doux, peut-être arriverait-il dans un pays où toutes ces vilaines choses n'existaient pas ? Dans un pays où il serait accueilli comme le souhaitait son cœur, où il lui serait possible d'oublier tout ce qu'il venait d'apprendre et de le rapprendre après, sans en être blessé ni honteux, d'une façon douce et naturelle qui devait exister, qui était celle qu'obscurément il avait désirée. Il regardait la brume qui, à l'horizon, enveloppait les confins de la mer, de la plage, de la terre sauvage et il se sentait attiré par cette immensité comme par la seule chose qui aurait pu le libérer de sa servitude présente. »

Alberto Moravia,
Agostino,
traduction de Marie Canavaggia,
© Flammarion

105

4
SOLUTIONS DES JEUX

Les espaces infinis vous attirent-ils ?

(p. 79)

Si vous obtenez une majorité de ○ : les espaces infinis sont votre univers, votre élément, et c'est là que vous vous sentez vraiment à l'aise, libre, et content. Il vous faut de l'air, le contact direct avec la nature, quelle qu'elle soit, pour vous épanouir complètement. Mais n'allez pas jusqu'à rayer le genre humain de vos paysages...

Si vous obtenez une majorité de □ : les espaces, oui ; infinis, peut-être, en tout cas pas toujours ! Vous n'avez pas d'opinion arrêtée et savez apprécier tout autant les avantages des grandes villes et la compagnie des hommes que les bienfaits de la nature.

Si vous obtenez une majorité de △ : vous avez une nette préférence pour les espaces... « finis », et les horizons lointains n'excitent pas du tout votre curiosité. Pour tout dire, ils ne sont pas de votre goût car vous avez une prédilection pour votre chambre, votre quartier, votre ville peut-être, mais au-delà...

Avez-vous bien lu l'aventure de Daniel ?

(p. 81)

1 : A (p. 10) - 2 : C (p. 14) - 3 : A (p. 15) - 4 : A (p. 16) - 5 : B (p. 19) - 6 : B (p. 24) - 7 : B (p. 26) - 8 : A (p. 27) - 9 C (p. 30) - 10 : A (p. 31) - 11 : C (p. 25) - 12 : B (p. 27) - 13 : C (p. 33) - 14 : A (p. 33) - 15 : C (p. 35) - 16 : A (p. 35) - 17 : C (p. 39) - 18 : A (p. 40) - 19 : C (p. 40) - 20 : A (p. 34)

Si vous obtenez plus de 15 bonnes réponses : vous vous êtes plongé dans ce livre avec autant de plaisir que Daniel dans la mer. Vous avez suivi pas à pas les héros dans leur escapade sans vous laisser rebuter par les descriptions minutieuses des paysages.

Si vous obtenez de 9 à 14 bonnes réponses : il vous est arrivé, parfois, de vous évader vous-même du texte. Mais

106 SOLUTIONS DES JEUX

n'est-ce pas légitime, après tout, puisque ce livre vous y incite ?

Si vous obtenez de 5 à 8 bonnes réponses : ce n'est pas catastrophique, la prochaine fois, vous lirez un roman d'aventures avec des héros armés jusqu'aux dents, des pirates, des robots, des monstres, et surtout sans descriptions... Vous reviendrez à la poésie en prose dans quelques années.

Si vous obtenez moins de 5 bonnes réponses : on dirait que, vous non plus, vous n'avez jamais vu la mer ! Ne concluez pas cependant que vous ne savez pas lire, cherchez plutôt des lectures mieux en accord avec vos goûts.

Avez-vous bien lu
« La montagne du dieu vivant »
(p. 87)

1 : B (p. 42) - 2 : A (p. 42) - 3 : A (p. 49) - 4 : A (p. 50) - 5 : A (p. 56) - 6 : A (p. 69) - 7 : B (p. 55) - 8 : C (p. 57) - 9 C (p. 58) - 10 : C (p. 65) - 11 : A (p. 67) - 12 : C (p. 56) - 13 : B (p. 72) - 14 : B (p. 73) - 15 : C (p. 75)

Si vous obtenez de 11 à 15 bonnes réponses : votre score prouve que vous êtes capable de tirer le meilleur parti de votre lecture. Vous n'avez pas perdu votre temps !

Si vous obtenez de 5 à 10 bonnes réponses : votre attention n'a été qu'épisodique suivant l'intérêt que vous portiez à tel ou tel moment du récit. Mais dans l'ensemble, le texte étant tout de même un peu difficile, votre score demeure très honorable.

Si vous obtenez moins de 5 bonnes réponses : c'est sans doute parce que, au départ, cette escalade ne vous a pas passionné, à moins que vous n'ayez fait que jeter un coup d'œil de temps en temps sur ce récit ?

Les étoiles
(p. 93)

1 : B - 2 : C - 3 : A - 4 : D - 5 : F - 6 : E

SOLUTIONS DES JEUX 107

Au-dessous du niveau de la mer
(p. 94)

Première grille
Horizontalement : Méditerranée
Verticalement
1. Monte-Cristo - 2. Égée - 3. Délos - 4. Ionienne - 5. Thessalonique - 6. Énée - 7. Rhodes - 8. Rouge - 9. Adriatique - 10. Neptune - 11. Égypte - 12. Éole

Seconde grille
Horizontalement : Atlantique
Verticalement
1. Argentine - 2. Tanger - 3. Lagos - 4. Angola - 5. Norvège - 6. Terre-Neuve - 7. Islande - 8. Quille - 9. U.S.A. - 10. États-Unis

Mer ouverte ou fermée
(p. 95)

Les deux mers fermées sont la mer Morte et la mer Caspienne.

Qu'y a-t-il sous les vagues ?
(p. 96)

1. Japon - 2. Baltique - 3. Jaune - 4. Égée - 5. Chine

Le nom caché est PLAGE.

Montagne en escalier
(p. 97)

```
M O N T A G N E
M A N G E N T
N A G E N T
G E A N T
A N G E
A N E
A N
A
```

Vous aimez la mer, la liberté, le bruit du vent, le silence, la poésie et les secrets… Entrez dans l'univers fantasque et rêveur des livres de **Le Clézio**

dans la collection FOLIO **JUNIOR**

VILLA AURORE

suivi de ORLAMONDE

n°603

66 On l'appelait la Villa Aurore, bien qu'il n'y ait jamais eu de nom sur les piliers de l'entrée, seulement un chiffre gravé sur une plaque de marbre, qui a disparu bien avant que j'aie pu me souvenir de lui. Peut-être qu'elle portait ce nom à cause de sa couleur de nuage justement, cette teinte légère et nacrée pareille au ciel du premier matin. Mais tout le monde la connaissait, et elle a été la première maison dont je me souvienne, la première maison étrangère qu'on m'ait montrée.

C'est aussi à cette époque-là que j'ai entendu parler de la dame de la villa Aurore, et on a dû me la montrer peut-être, parfois, en train de se promener dans les allées de son jardin, coiffée de son grand chapeau de jardinier, ou bien en train de tailler les rosiers, près du mur d'entrée. 99

CELUI QUI N'AVAIT JAMAIS VU LA MER
suivi de **La montagne du dieu vivant**

n°492

66 Elle était là, partout, devant lui, immense, gonflée comme la pente d'une montagne, brillant de sa couleur bleue, profonde, toute proche, avec ses vagues hautes qui avançaient vers lui.

« La mer ! La mer ! », pensait Daniel, mais il n'osa rien dire à voix haute. Il restait sans pouvoir bouger, les doigts un peu écartés, et il n'arrivait pas à réaliser qu'il avait dormi à côté d'elle. Il entendait le bruit lent des vagues qui se mouvaient sur la plage. Il n'y avait plus de vent, tout à coup, et le soleil luisait sur la mer, allumait un feu sur chaque crête de vague. Le sable de la plage était couleur de cendres, lisse, traversé de ruisseaux et couvert de larges flaques qui reflétaient le ciel.

Au fond de lui-même, Daniel a répété le beau nom plusieurs fois, comme cela.

« La mer, la mer, la mer… » 99

LULLABY

n°448

66 C'était bien, de voir les pages bleues se tordre dans les flammes, et les mots s'enfuir à reculons, on ne sait où. Lullaby pensait que son père aurait bien aimé être là pour voir brûler ses lettres, parce qu'il n'écrivait pas des mots pour que ça reste. Il le lui

avait dit, un jour, sur la plage, et il avait mis une lettre dans une vieille bouteille bleue, pour la jeter très loin dans la mer. Il avait écrit les mots seulement pour elle, pour qu'elle les lise et qu'elle entende le bruit de sa voix, et maintenant, les mots pouvaient retourner vers l'endroit d'où ils étaient venus, comme cela, vite, en lumière et fumée, dans l'air, et devenir invisibles. Peut-être que quelqu'un, de l'autre côté de la mer verrait la petite fumée et la flamme qui brillait comme un miroir, et il comprendrait. 〟

LA GRANDE VIE
suivi de PEUPLE DU CIEL
n°554

❝ Quand elles se sont retrouvées dans la grande chambre blanche, elles ont eu un moment de vertige. Elles ont crié, elles ont chanté même, n'importe quoi, ce qui leur passait par la tête, jusqu'à ce que la voix leur manque. Puis Pouce est allée s'installer sur la terrasse, malgré le vent froid, tandis que Poussy commandait à dîner par téléphone. Il était trop tard pour manger du poisson ou du homard, mais elle put obtenir des sandwichs chauds et une bouteille de champagne, que le garçon d'étage a apportés sur une petite table roulante. Il n'a même pas regardé la silhouette de Pouce devant la fenêtre et quand Poussy lui a donné un bon pourboire, son visage s'est éclairé. « Bonne nuit, mademoiselle », a-t-il dit en refermant la porte. 〟